为客天涯

野河山

郑骁锋 著

广西师范大学出版社
·桂林·

野河山
YE HESHAN

图书在版编目（CIP）数据

野河山 / 郑骁锋著. —桂林：广西师范大学出版社，2019.9

（为客天涯）

ISBN 978-7-5598-2039-6

Ⅰ. ①野… Ⅱ. ①郑… Ⅲ. ①散文集－中国－当代 Ⅳ. ①I267

中国版本图书馆 CIP 数据核字（2019）第 161475 号

广西师范大学出版社出版发行

（广西桂林市五里店路 9 号　邮政编码：541004）
网址：http://www.bbtpress.com

出版人：张艺兵

全国新华书店经销

湖南省众鑫印务有限公司印刷

（长沙县榔梨街道保家村　邮政编码：410000）

开本：787 mm ×1 092 mm　1/32

印张：8.625　　　　字数：150 千字

2019 年 9 月第 1 版　2019 年 9 月第 1 次印刷

印数：0 001~5 000 册　定价：52.00 元

如发现印装质量问题，影响阅读，请与出版社发行部门联系调换。

目 录

001 / 序:庙堂之外

001 / 我的朝圣　山东·曲阜

让心灰意懒的人们去讥笑"知其不可为而为之"吧,即使同样毁灭于不可挽回的灭亡,直立着行走永远比坐而待毙更有尊严。

023 / 诸神黄昏　陕西·宝鸡周原

从甲骨到金石,随着文字的载体越来越坚固稳定,对于这个已经有能力为时间加注刻度并即将开始留下明确纪年的民族,众神,或许应该离开了。
这个回荡着金属铿锵的周原,竟是诸神的涅槃之地。

041 / 霸王城　安徽·垓下

的确,《垓下歌》充分暴露了项羽的绝望。日本学者吉川幸次郎曾评论过这首诗,他说项羽唱出了"把人类看作是无常天意支配下的不安定的存在",我认为他已经触摸到了项羽——甚至所有楚人——心灵的最深处。

063 /　　关山北镇　　辽宁·医巫闾山

就像羊群中出现的牦牛，跻身于汉语词汇群中的"医巫闾"显然是个臃肿而粗野的另类。旅行尚未开始，我便已经意识到，这注定将是一场游离于汉字边缘的探访。

085 /　　一池洪荒　　山西·运城

无论神话还是考古，一部中华史，最初的线索，几乎全部指向这池盐水。
一个伟大的族群，居然发源于舌尖上那点咸味。

107 /　　梁皇忏　　江苏·南京

世间最残酷的莫过于在生命的尽头，当着你的面将你毕生的心血击得粉碎。望九高龄的萧衍便承受着这样的剧痛。

131 /　　十万佛陀　　河南·洛阳

柔韧不等于软弱，几千年文化层层积累而成的轨道，其实是坚不可摧的，它绝难被扭曲、被堵塞、被捆绑，甚至连佛祖的神通也无能为力。相反，连他们自身，也得暂时抛下唯我独尊的倨傲，慢慢学会去适应这条东方的轨道。

155 /　　御码头　　浙江·杭州

清帝，尤其是乾隆，一再拍着胸脯标榜，他们反复下江南绝不是为了游山玩水，而是有要紧的正事。
相当程度上，他们并没有说谎。
这其实是一次将马换成船的远征。

179 / 遍地东林　**江苏·无锡**

但这天下果真容得下这么多东林吗？读着"风声雨声读书声声声入耳；家事国事天下事事事关心"的名联，我问自己。

201 / 皇帝的花园　**北京·紫禁城**

马戛尔尼黯然离开了中国。

不过，这趟代价昂贵的出使，英国人并不是一无所获。他们用自己的亲身见闻，向全世界展示了一个真实的中国。

227 / 六扇门　**河南·叶县**

"要进衙门，先要吃一服洗心汤，把良心洗去；还要烧一份告天纸，把天理告辞，然后方吃得这碗饭。"

249 / 帝国的迷航　**浙江·舟山**

英国人的炮弹在东海水面炸起的大浪，激得几千里外的紫禁城也剧烈地动荡起来。

面对一只硬塞过来的船舵，谙熟于春种秋收的古老帝国手足无措。这块满载着四万万不识水性的人的巨大陆地，无助地陷入了迷航。

265 / 后　记

序：庙堂之外

"野河山"。

这是一个地名。我是在高速公路的指示牌上见到它的。

宝鸡到咸阳的路上,我原本昏昏欲睡。但这三个从车窗外一掠而过的字,还是准确地击中了我,就像三枚蓄势已久的子弹。

我瞬间感觉某处血脉隐隐灼烧起来。

简简单单,"河山"一词,加上一个"野"字,便有了狼奔豕突的强烈动感。那一刻,我眼前的一切,都因为这个词,呈现出了一种峰峦粗粝、水流杂乱的蛮荒意境。

我莫名地想起了花果山。它朝天高高竖起的反旗,使我意识到,很多最鲜活的风景,恰恰都被放逐在了冠冕堂皇之外。

记载我们前世的史书堆积如山。但在横平竖直的官方书写中,先人们却逐渐失去了真实的面目:过于滚烫的血液都被冷却，过于激烈的情绪都被安抚，幅度过大的表情都被复位——

直至所有人的档案被裁剪、熨平，打包成最温润、最庄严的形状。

渊渟岳峙，山河妥帖。最终一切道貌岸然。

"野河山"，这块突然出现的路牌，猛然提醒我，河山之外，还有河山。枯黄的二十五史之外，还有一部汁液丰满、果籽辛辣的时空传记。

世间除了金戈铁马，还有柴米油盐；登台的不仅有帝王将相，还有泼皮醉汉。

正如凌霄殿外，还有一座花果山。

循着指引，我能够抵达那枯木下的根系、涸井底的暗泉、绝壁内的洞穴——那个被庙堂遮蔽，狮虎狰狞、植被凶猛的榛莽世界吗？

这块路牌，究竟会将我带往何处？

我的朝圣

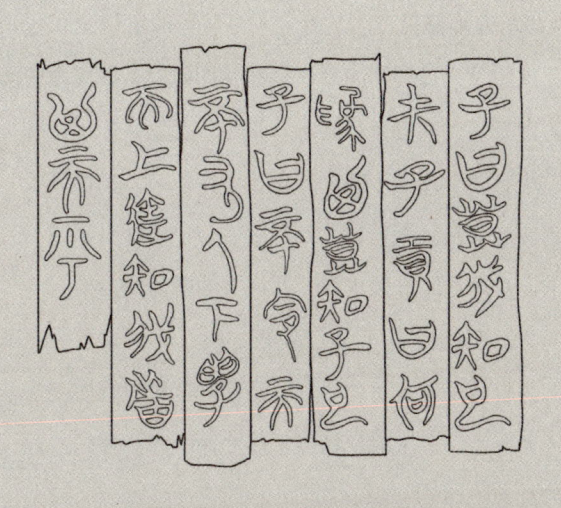

山东·曲阜

"官员人等至此下马。"

在下马碑前,我下意识地正了正背包的肩带。我注意到,很多游客路过这块并不精致的狭长石碑时也都缓了片刻。

但就在此时,我想起了一段来自遥远西方的文字,冰冷,坚硬,严厉,令人不寒而栗:"你们不要想,我来是叫地上太平;我来并不是叫地上太平,乃是叫地上动刀兵。因为我来是叫儿子与父亲生疏,女儿与母亲生疏,媳妇与婆婆生疏。人的仇敌就是自己家的人。"

这是《新约·马太福音》里的一段话,说这话的,是耶稣。

"东方耶路撒冷",西方人对曲阜的定位令我想到耶稣。虽然没去过耶路撒冷,但在我印象中,那座地中海东岸的古城,气氛应该是紧张、激烈,甚至有些压抑的,就像一块紧绷了几千年的亚麻布,干燥板结,枯血斑驳。然而越接近孔庙,我就越感到舒缓,似乎连呼吸都渐渐匀长起来,步履之间好像也多了几许大袖飘扬的典雅。

"金声玉振",孔庙门外第一座石坊,建于明嘉靖年间。源自孟子对孔子的赞颂,意指孔子思想有如奏乐,以铜钟大音始,以玉磬悠扬终,庄严而平和。钟磬古远,加之牌坊下人声喧哗，我很难想象孟子所说的意境；不过我记得，《论语》中记载过一次玉振之声，击磬的，正是孔子本人，那年他五十五岁，去鲁周游来到卫国。击磬时，刚好有个挑着草筐的汉子路过，他听出来，孔子是在用磬声抒发内心难以排解的孤独。

《论语·宪问》："子曰：'莫我知也夫！'子贡曰：'何为其莫知子也？'子曰：'不怨天，不尤人，下学而上达。知我者其天乎？'"

曲阜的天空碧蓝如洗，空气中隐约弥漫着酱香，想来孔庙附近大概有个酒坊。

金声玉振坊之后，依次是棂星门、太和元气坊、至圣庙坊、圣时门、弘道门、大中门、同文门、奎文阁、大成门。甬道平展而宽阔，但走在上面，我总觉得自己在步步登高，一重又一重大门在视线极目处层层敞开，仿佛永远没有终点。

穿过大成门，我看到了杏坛。围有石栏的方正亭子，黄瓦朱栏，檐角在十月的阳光下闪着近乎透明的白光。

《庄子·渔父》："孔子游乎缁帷之林，休坐乎杏坛之上。弟子读书，孔子弦歌鼓琴。"

《庄子》多寓言，所谓杏坛，不过是个土台罢了——

杏坛建亭始于金代,之前也只是一个三层台基。

杏坛并没有杏树,只有一只半人多高的金代石香炉。抚摸着光滑的香炉,我一厢情愿地把它想象成一截粗大杏树的残桩。

琴声停滞了一下,但立即恢复了平缓的节奏。武士挽起衣袖,将新磨的青铜斧高举过头顶,狠狠劈向孔子背后的大树。这是在宋国地界,宋司马桓魋用这种方式表达对孔子的驱逐,并威胁要杀死他。那年,孔子六十岁。

一斧紧接一斧,木屑四溅,但孔子仿佛视而不见,仍旧双目半合,微侧着头,凝神弹奏着。众弟子面色铁青,虽然神情悲愤,但还是端坐着一动不动,显然都在竭力忍耐。琴声清泠,树叶簌簌飞舞。

终于,大树轰然倒地,黄土如烟雾般炸开。铿然一声,孔子弹完了最后一个音符。他双手推琴,慢慢站起身来,掸了掸身上的尘土,对弟子们微微一笑,淡淡地说:"走吧。"花白的发间,落着几片碧绿的杏叶。

《史记·孔子世家》:"孔子以诗书礼乐教,弟子盖三千焉,身通六艺者七十有二人。"

在杏坛前,我忽然意识到,作为私人讲学最早最著名的倡导者,将原本深藏于贵族官府的知识撒播到民间,这对于孔子一生梦想恢复的周礼，客观上是不是一种偏离？

孔子招收弟子"有教无类"，没有贵贱种族的限制，弟子中有很多如颜回、曾参一类的贫民，甚至还有做过囚犯的公冶长。他难道没有想过，当卑贱的人们平等地接受教育后，这种脱胎换骨般的活力，还有谁——尤其是已然腐朽的老迈贵族——能够压抑呢？这种来自底层的力量，对原有等级森严的古老秩序，是自觉维护还是加速"礼崩乐坏"呢？掌握了前所未有力量的人们，还会永远满足于一成不变的"君君臣臣"吗？

西方将记录孔子言行的《论语》视为中国人的《圣经》；同样关于启蒙，《圣经·创世纪》中有一个著名的故事："女人对蛇说：'园中树上的果子，我们可以吃，唯有园当中那棵树上的果子，神曾说你们不可吃，也不可摸，免得你们死。'蛇对女人说：'你们不一定死，因为神知道，你们吃的日子眼睛就明亮了，你们便如神能知道善恶。'"

对于以血缘纽结为根基的周礼，孔子究竟是"神"还是"蛇"？

"知我者，其惟《春秋》乎；罪我者，其惟《春秋》乎。"孔子晚年的这声长叹，我以为除了他对自己代替天子褒贬制史而不安外，还有更深的感慨。

杏坛左右是大成殿的两庑配殿，开间极长，资料上说每庑长达163米，两庑连廊带门整整有100间。庑内几十个红漆的神龛一字排开，每龛供奉着三或四块红底金字的牌位，所有牌位都用相同的楷体字写着名号，我在其中看到：左丘明、董仲舒、诸葛亮、韩愈、范仲淹、欧阳修、司马光、文天祥、方孝孺、王守仁、顾炎武、黄宗羲……

庑内窗户紧闭，带着浮尘的光线透过窗棂的方格，斜斜将廊屋分割为明暗两部分。我站在阴影里，看着光雾中的神龛在眼前延伸、延伸，直至缩为小小的一点，隐入朦胧。伫立许久后，我向被黑暗吞没的神龛尽头走去。

廊内只有我一个人，脚步空旷。我知道，这163米的长廊，浓缩着孔子之后近两千五百年的中华历史，每迈过小小一步，就已经是几代人的生老病死。

隔几个窗户，便有一扇开启的庑门，阳光倾泻而入，将昏暗的廊道切成一段黑一段白，远远望去，就像一道无限铺展的铁轨。我想，这应该就是中华文化从远古走到今天的漫长轨道，身侧比肩而立的牌位，就是一块块接力奔跑的站牌——或者说，是一截截托举中华文化不倒的坚硬脊梁。

而这一切的起点，无疑就是那个被称为"杏坛"的小小土台。

大成殿。孔庙的主体建筑,祭祀孔子的中心场所。

不必赘述殿宇的宏伟,能够与故宫太和殿、泰安岱庙天贶殿并称为东方三大殿,仅这一点,就足以说明大成殿的等级和规模。

十二级石阶,双层大型浮雕龙陛,汉白玉上云团翻滚,双龙上下交缠,狰狞对峙。上殿时,我想起了孔子告诉子贡的一个梦。那个初夏的深夜,他梦见自己坐于殿堂中央,被人们认真地祭奠着。七天之后孔子逝世,时年七十三岁。

大成殿正中,孔子帝王衣冠,手执笏板正襟危坐。与通常眉清目秀的神像不太相同,孔子塑像的上下唇没有并拢,有些轻微的龅牙。

我明白那是塑者有意为之,他想要告诉世人,孔子的相貌非同一般。我翻过典籍,关于孔子的长相,综合了林林总总的记叙后,大概能描摹出这么一个粗略形象:个子很高,起码有一米九,被称为"长人";头顶凹陷,类似先天缺钙症状,但体健力大;肤色黝黑,眼神炯亮。此外还有一些更不客气的描述,什么身材比例奇怪,上长下短,耸肩驼背,脑门高突,门牙外露,等等。这些异相想来是有些根据的,孔子长得可能确实不太漂亮,这点就连崇拜他的荀子都没有去掩饰,他干脆说孔子的脸丑得像驱鬼仪式上的丑怪面具。不过古书上记载最生动的,是一个没有留下姓名的郑国人对孔子形象的比喻。

被桓魋赶出宋国后,孔子来到郑国;在郑国都城,师生走散了,众弟子十分着急,沿途寻找。这时,有个路人对子贡说,他在东门那里见过一个孤零零的老人,模样很有特点,"额头像唐尧,后颈像皋陶,肩膀像子产,腰以下比禹只短了三寸";看到子贡面有得色,他话头一转:"活脱脱像一只落魄的丧家狗!"

见面之后,子贡把那人的话原原本本告诉了孔子,不料孔子欣然笑道:"丧家狗,他说得对,说得很对啊。"只是谁都能听出笑声中的苦涩。在我想象中,那是一个阴冷的雨天,蜷缩在门洞里的孔子衣襟沾满了泥泞,须发湿乱、手足冰凉。

丧家狗的比喻还是轻的,有时候,孔子甚至嘲讽自己在世人眼中或许已经成了一头危险的野兽。在陈国,师徒被困在荒郊野外,食物耗尽,情况极为窘迫,几个体质弱的学生甚至已经饿得站不起身了。孔子将子路、颜回等弟子叫来,问他们:"我不是野牛猛虎吧,如今却沦落到流浪旷野——怎么会到这个地步呢,难道真是我的道错了吗?"

颜回的回答最令他满意:"夫子之道至大,所以天下容纳不下——容纳不下又有什么要紧?容纳不下才能显露君子!"

我仰视着孔子像,努力想找出一丝半点丧家狗或者野牛猛虎的痕迹,但华丽的帷幔后面,只是一个双目遥望远方,威严中带着温和的魁梧王者。

"至圣先师孔子",一米多高的神位九龙盘绕,金光闪耀。

我突然记起李敖说过的一句话:"等我死了,你们才会想起我,想得发疯。"回忆着说这话时,他面对镜头的苍凉神情,我顿时有了想哭的冲动。

现存的曲阜孔庙占地21万平方米,保存历代建筑100余座466间。但最初的孔庙只是三间小屋——孔子去世的第二年,鲁哀公将孔子的故居改立为庙,陈列孔子生前用过的衣、冠、琴、车、书等,供人祭祀瞻仰。到了西汉,那些文物还在,司马迁就曾亲眼见过,他在孔子遗留的礼器前流连徘徊,久久不能离去。

如今那些礼器早已湮没于尘土。好在孔庙内还有一些岁月擦抹不净的角落,依稀留存着孔子印在这块土地上的残存体温。"孔子故宅门",虽然已是挑檐朱漆铜钉的明清风格,但据说还在原位置。从前,孔子每日就从这里进进出出。

孔子站时,不在门中间;走时,不踩门槛。

如果国君召唤,孔子不等待车辆准备好,立即步行出门。

孔子上车,一定端正地站好,拉着扶手,不向后回顾,不快速说话,不用手指指点点。

…………

我用《论语》上的记载,一点点拼凑着经过这门时的孔子。最终,我眼前出现了一个高瘦的少年,他刚从外面回来;虽然竭力控制着,但我还是能看出他呼吸的急促,身躯的颤抖。

"我家大人邀请的都是有学问的士人,可不敢招待阁下。"盛大的宴会门口,鲁国实际统治者季氏的家臣阳虎不知从哪里冒出来,横在了孔丘身前,脸上带着戏谑的笑。孔丘没有说话,盯着阳虎看了很久,握着缚在腰间的麻布,默默地转过了身。

早在三岁时,孔丘就失去了父亲,这一年,母亲又去世了,他彻底成了无依无靠的孤儿。

子曰:"吾十有五而志于学。"

还有一口井,据说也是当年孔子的遗迹,五十五岁之前,除了短暂的出游,他饮用的都是这口井的水。井口罩着钢丝网,透过缝隙看下去,深邃,幽黑,没有丝毫反光,想来早已干涸。凝视得久了,忽觉风化严重的井壁慢慢开始湿润,重又渗出了汩汩清流。

辘轳吱呀吱呀绞动着,陈旧的木桶缓缓升上了井口。一阵晃荡后,微绿的水面浮起一张脸,沟壑纵横,发白如雪,只是眸子依然晶莹澄澈。

为了实现政治理想,在外颠沛流离,碰壁十四年后,疲惫的孔子回到了故乡。这年,他已是六十八岁,垂垂老矣。

孔子返鲁后,不再热衷于政事,而是集中精力整理典籍,教育门人。他的晚景十分凄凉,短短几年内,妻、儿,还有爱徒颜回、子路,相继先他而去。

孔宅的故井和故门都在孔庙的东北角。很长时间,孔庙与孔府是合一的,孔子的后代大都附庙而居,直到隋大业年间重修孔庙,将孔府移到孔庙东侧,从此才庙府分开。此后孔府日益添建,到清末已是一座占地7万多平方米,有厅、堂、楼、房560余间的庞大建筑群。

进入孔府后,其中的豪阔却令我有些失落。面对这一进进富丽堂皇的明净宅院,我更希望看到的是最早的那三间小屋,即使只留下几截倾颓的土墙。

孔府给我印象最深的,是被踩得光滑如玉、显露玛瑙色泽的石阶;一堵隔绝内外府的高墙,墙上开有青石水槽,挑夫每日由此将水倒入内宅的水缸,以保证女眷的私密;一块极像搓衣板的多棱石台,下人犯错,就让他们跪在上面。

还有两株葱郁的石榴树,种植在后堂楼前。石榴在中国是多子多孙的象征,而后堂是历代衍圣公夫妇的卧室。

1919年,孔子七十六代嫡孙,衍圣公孔令贻病逝,身后只有两女,尚无子嗣,圣裔堪忧;幸侧室王氏怀有身孕,只是不知男女。

三个月后,王氏分娩,其时石榴树下一队全副武装的军警拱卫着,随时向中央报告生产情况。不巧王氏难产,为了迎接"小圣人",孔府上下门户齐开,还在门上挂了弓箭,以讨"飞快"的彩头;所有人都焦急而忐忑地等待着。

深夜,随着一声婴儿的啼哭,曲阜全城如释重负地响起了狂喜的鞭炮声;同时北洋政府接到了电报,天佑圣人,孔氏有后了,是为末代衍圣公孔德成。1949年,他去了台湾，2008年在台北去世。

如果说拜谒孔庙让我有一步高似一步的感觉的话，那么初秋的孔林，令我有种重新回到平地的亲切。毕竟，这片林子深处真真切切长眠着耗尽精华的孔子。

苍老的柏树两两拱立，树干笔直，纹理如虬盘旋冲天，左右的树冠几乎相接，用一种带点蓝色的深绿遮掩着几百米长的神道。正午的阳光散碎地撒在一行行青砖上，随风游走，书写着古老的文字。

慢慢走着，不时停下来拍拍道旁冰凉的石人石兽，半个小时后，指示牌说，享堂后面就是孔子的墓地了。

首先见到的是一个小小的亭子，前面竖着碑："子贡手植楷"。里面围着一段半人多高、颜色褐黄的树干，我轻轻摸了一下，坚实，硬重，有种金石的质感。

子贡，又是子贡。有关孔子的记忆，子贡的身影几乎无处不在。

孔子最得意的学生自然是颜回，但有学者统计过，一部《论语》，提到颜回二十来次，而子贡却有四十四次。

子贡并不是次数最多的，子路比他还多三次。

子路性情粗犷刚直，武艺高强，一般说来，子路之于孔子，类似于护法侍卫。孔子自己也说过："自吾得由（子路名由），恶言不闻于耳。"有了子路在，还有谁敢对孔子不敬呢？但我以为，更多的时候，不是子路捍卫孔子，而是孔子在小心翼翼地呵护着子路。

"子路啊，我真担心你不得善终呢。"讲学间隙，孔子扫视着身边的弟子，子路挺拔的腰身令他欣慰，但随即长长叹了口气，目光中充满了忧虑。他又想起了第一次见到子路时，子路冠插雉鸡羽，身佩野猪牙，高昂着下巴，眼神中尽是挑衅；那时他就看出，这位崇尚勇武的汉子，身上有着太多超越常人的血性，却不懂如何理智使用，就像一把没有鞘的利剑，大开大合地劈砍总有一天会被折断。孔子努力引导着，化解着，希望子路学会怎样保全自己——尽管子路只比孔子小九岁，但在孔子眼里，他一直像个倔强的孩子。

陪伴孔子周游列国后，子路最终在卫国的内乱中被人杀死，临死前从容系好被打落的帽缨，留下了最后一句话："君子死而冠不免。"消息传到鲁国，孔子极为悲痛，衰老得更加快了。

我以为，如果孔门真有护法的话，那个人只能是子贡。

若以政事而论，子贡绝对是孔门弟子中成就最大的，通达雄辩，在列国之间玲珑八面，混得风生水起，并担任过鲁、卫两国之相。曾经单枪匹马在齐、吴、越、晋诸国间纵横捭阖，为鲁国化解了一次大兵压境的劫难。

子贡还善于经商，为孔门弟子首富。孔子一行人周游列国，少不了子贡雄厚的财力支持，甚至连孔子的名声都大大借助于子贡在诸侯间的揄扬。司马迁曾评论："（子贡）所至，国君无不分庭与之抗礼。夫使孔子名布扬于天下者，子贡先后之也。"

子贡原本自视极高，连孔子都不怎么放在眼里："子贡事孔子，一年自谓过孔子，二年自谓与孔子同，三年自知不及孔子。"（《论衡·讲瑞》）后来，他的名声越来越响亮，有人甚至称他已经超过了孔子。对此，子贡解释："拿房屋的围墙做比喻吧。我的围墙只有肩膀那么高，里面的家具陈列你们可以看得清清楚楚；而夫子的围墙却高达数仞，如果找不到大门进去，就看不到他那宗庙的雄伟、殿宇的多样——可又有多少人能找着夫子的大门呢？"

明正德年间，为护卫孔庙，整个曲阜县城东移，耗时十年重修了城墙。明曲阜城的正南门，同时也做了孔庙最外的一道屏障，门额用了子贡的比喻，朱书"万仞宫墙"。宫墙被建成一个半圆的弧形，与左右对称的长方形孔庙处在同一条中轴线上，从空中俯瞰，宫墙与孔庙，像极了一口巨大的铜钟。

孔子去世时,子贡四十二岁,无论作为学者、商人,还是政客,这都是最富强的年龄。然而他抛下一切,官职、财富,甚至妻儿,在孔子墓前,搭了一间小小的茅草房,寂寞地守护了漫长的两千多个日夜——孔子死后,众弟子服丧三年,独有子贡守了整整六年。

"子贡庐墓处",当年的草庐已被后人翻盖成了三间朴素的瓦房。瓦房被茂密的枝叶掩盖,而子贡庐墓的时候,这片比曲阜老城区还大的森林,还只是一片野草丛生的荒漠。最先在这里植树的,是孔子的学生;他们从各自的家乡带来了树苗,一株株种在孔子墓地的边上。

每日早起,子贡挑着水,一勺一勺地给每一棵树浇灌。有时弯腰久了,身体酸痛,他会直起身,看看天。在那六年中,除了无尽的哀悼,他心中时刻纠缠着一个问题:这片无边无际的天空,究竟该如何去解读?

他始终没有忘记,对于自己看似成功的事业,夫子并不完全认可,他在感叹坚守正道的颜回却穷困潦倒后,指出自己的经商致富是一种不安天命。

他记得,自己曾不止一次向夫子请教什么是天命,但夫子总是笑而不答。有次子路也忍不住了,不顾夫子不语怪力乱神，向孔子问起了鬼神，孔子的回答是："未能事人，焉能事鬼？"

但子贡也常常看到，散步的时候，夫子会突然停下脚步，痴痴地望着天空，很久很久，不说一句话。

孔子的坟墓没有预料中的高大（我本以为起码会垒成一座小山），最高处也只到旁边几棵柏树的半腰，坡度平缓。竖有两块墓碑，都是篆书——前面高的是明代所立，"大成至圣文宣王墓"；后面矮小近一半的是元碑，"宣圣墓"。

在因为年代久远而显得斑驳的墓碑前，我抬起了头。从林梢掠出一只不知名的灰色大鸟，清脆地鸣叫着，在空中滑过。

与天对视的孔子，到底看到了什么——

那不可及的高处，有没有一双巨眼，俯瞰着这茫茫大地？有没有一只大手，时刻准备着援救在水深火热中挣扎的芸芸众生？

"五十而知天命"，五十岁的孔子，到底知晓了什么样的天命？

"君子有三畏：畏天命，畏大人，畏圣人之言。"

"迅雷风烈，必变。"在狂风暴雷的自然之威前，孔子神色为之转变，这是一种对天的畏惧吗？

"海里忽然起了暴风,甚至船被波浪掩盖,耶稣却睡着了。门徒过来叫醒了他,说:'主啊,救我们,我们丧命啦!'耶稣说:'你们这些小信的人哪,为什么胆怯呢?'于是起来,斥责风和海,风和海就大大地平静了。"(《新约·马太福音》)

面对天地,与耶稣相比,是孔子缺少自信吗?

我想,答案可能就在"仁"里。"仁",孔子终极的人世道德标准,几千年来,对它的探讨已经太多太多,但我在孔林,在孔庙,在曲阜,所思考的"仁"更多的是孔子之前的本意。

中医至今有个病征:"麻木不仁";这里的"仁",指的是知觉。中国历史上,巫和医的出现比儒早许多,有知觉,应该是"仁"的初始意义。

那么,孔子的"仁",能不能理解为一种破除坚冰的柔软,一种回归善良的敏感呢?卸下重重盔甲,袒露婴儿般的纯真,去感受心脏在胸口跳动,血液在脉管汹涌,去感受花的芳香,鸟的鸣唱,山的巍峨,水的悠远——在你被自然勃发的生机感动的同时,低下头,再去感受自己的、亲人的、路人的,甚至仇人的欢乐、悲哀、痛苦、无助……

孔子认为不分等级贵贱,所有人都有"仁"的权利和义务——无论什么法则,包括《周礼》,必须以"仁"为根基才是有血有肉的——所以他广开门墙,欢迎着每个有心前来皈依"仁"的人们。

如果说耶稣的神力来自天上,那么孔子的"仁"扎根于大地。它不是一张劈头盖下的钢铁巨网,而是波心的一点涟漪,草上的一缕清风,慢慢荡漾,柔柔抚过,一圈圈,一浪浪,将优美的曲线从容地扩散到浩渺的地平线外。

"知之者不如好之者,好之者不如乐之者。"孔子的教诲,从来就不是生硬的,他更喜欢用琴声说话。提按揉捻,修长的手指在五根弦上如大雁低翔,弦上生起的声波,像清晨的露珠,从竹叶尖上滴向脸颊。不知不觉,"足之蹈之,手之舞之",暴戾之气消散无踪,眉宇之间清凉如水。

此时再看炊烟袅袅的人间,如此广博,如此亲切,如此温暖,刀枪剑戟铿然坠地,每一张脸上都不禁热泪盈眶——孔子的畏天命,在迅雷风烈时的色变,岂不正是一种对天地生我载我的感恩与共鸣吗?

这也许就是孔子的"下学而上达"吧:学习一些平常的知识,却能渐渐了解高深的道理。下无过地,上无过天,《圣经》中也曾有过一座试图联通天地上下的巴别塔:"来吧,我们要建造一座城和一座塔,塔顶通天。"

但随着高塔逐渐接近天堂,上帝恼怒了,于是他变乱了人们的口音,使他们言语彼此不通,造塔工程因为无法协作只好停了下来。

《圣经》常常令我感到天堂与人间的一种疏远和对立,上帝的牧鞭无情地从天而降;但《论语》却令我看到孔子用仁爱搭建了一架直通天堂的云梯,率领着人们一步步向上攀登。

或许,孔子后来已经不去思索究竟有没有一套天意压制或者指导着人间,他甚至可能会觉得,其实根本没有必要去探求天意:如果天心温暖,天道人道无疑朝着同一个方向;如果没有天意,甚至天意凶险,那么人们更应该站稳脚跟,相互救助,提携搀扶,靠自己的双手抗击厄运、建设乐土——让心灰意懒的人们去讥笑"知其不可为而为之"吧,即使同样毁灭于不可挽回的灭亡,直立着行走永远比坐而待毙更有尊严。

同一片天,耶稣与孔子,究竟谁看得更清楚呢?

我比较着两位临终的圣人。

从那个被祭奠的梦中醒来后,孔子背着双手,拖着拄杖，缓缓地踱到了门外。

"泰山其颓乎——梁木其坏乎——哲人其萎乎——"孔子一边悠闲地看着东方鲜艳的朝霞，一边反复低吟这几句昨夜萦回在梦里的歌。然后，他平静地告诉身边的子贡，说自己的时间已经到了。

"负手曳杖，逍遥于门，歌曰"，面对死亡，孔子的表现是如此淡定和安详，尽管歌词忧郁，但依然符合他一贯的"哀而不伤"；而耶稣却用最后的力量在血淋淋的十字架上大声喊叫："我的神，我的神！为什么离弃我？"(《新约·马太福音》)语气凄厉，充满了痛苦和绝望。

《圣经》上说，耶稣死亡的时间大概是下午三点，但那天从正午开始，"遍地都黑暗了"；耶稣临终，看到的天是一团混沌。

我仰望着孔林的天空，渐渐地，渐渐地，恍惚听到从大地深处传来一阵阵符合古琴韵律的声音：树木伸展根系时与泥土摩擦的沉闷声音，嫩芽膨胀迸裂的清脆声音，茎枝吸水拔节的空灵声音……

墓前的祭台并不很宽敞，但从汉光武帝、北魏孝文帝、唐高宗、唐玄宗，一直到康熙、乾隆等很多位著名的皇帝都曾在此恭恭敬敬地祭拜过。不过进入20世纪后，这个祭台也不时受到不以为然的质疑。

1933年，史学大师钱穆带领学生远游齐鲁。拜谒曲阜时，学生们一改游泰山、大明湖的兴高采烈，"既无慕古朝圣之心理素养，风气感染，徒觉疑团满腹"。

在孔林，钱穆嘱咐大家必须行三鞠躬礼，学生们虽然照着做了，但钱穆看得出，他们不过"例行公事，兴趣价值俱减"。

钱穆很感慨，他指着孔林中林立的碑碣告诉学生，这些碑大都是金元以后所立，北宋以上的很少，"当时中国人受异族统治，乃不得不更尊孔，使外族人亦知中国有此人物，庶对中国人不敢轻视"。

"现在你们都说孔子从来为专制皇帝所尊崇，以便利其专制。那么请读读这些碑文，难道真是当时的中国人唯恐外族人不易专制，特意教他来尊孔的吗？"

学生们默默无言。

钱穆暗叹一声，再一次朝着孔墓深深弯下腰去。

诸神黄昏

陕西·宝鸡周原

见到太王时，已是傍晚五点。

太王左手扶耒，右手前伸，平托着某物。我们看了许久，才分辨出那是一块占卜用的龟板。天色固然昏暗，这尊等身高的石像，雕琢得似乎也不很精细。

太王是后人的追封，在世时，他的名字是古公亶父。这个名字早已被世俗遗忘，人们记住的，只是他的孙子，周文王。

与名字同时被遗忘的，还有一段功绩。事实上，对于周王朝，古公亶父的意义，就相当于清人的努尔哈赤。而他最伟大的事业，便是率领族人，迁徙到岐山之阳，筑城邑、建宗庙，定居下来，为日后推翻商朝奠定了基础。

这块位于今天陕西宝鸡地区，岐山与扶风两县接壤处、当初被古公亶父选中的黄土地，从此便被称作了"周原"。

探访周原的途中，我们一度迷了路。

大片翻耕待种的裸田。矮化的苹果树。逼仄的田埂。路旁疯长的杂草与杂草丛中稀稀拉拉的槐树。"家和万事兴"门楣的砖瓦平房。门口柿子树上火红的挂果。村口开始泛黄的柳树。

我所看到的，全然是一个寻常而静谧的关中农村。沿途被问路的司机一口一个"乡党"，也令我的思绪有些出离。

在我想象中，这里的气氛应该是肃杀、残酷而又极其神秘的。至少需要一大片旷野，能够转得动诡异的阵法，跑得开稀奇的怪兽，接得住盘旋的法器。

对于这块土地，相比官方的"周原"，我更熟悉另一个名字："西岐"。与大多数人一样，我知道这个地名，源自《封神演义》。演义中，作为周朝的大本营，在姜子牙的指挥下，西岐成功地粉碎了来自朝歌的多次围剿，并在此诛杀了无数法力高强的仙魔术士。

这个阴霾的黄昏，我来到了这个传说中哪吒与杨戬大显身手的战场。

再也没人能够三头六臂、撒豆成兵。皇天后土，我还能找到一片两片风火轮抑或三尖戟的碎骨残刃吗？

没想到，数千年后，我真的在这片原地上见到了当初姜子牙的坐骑。

粗看之下，那是一头臀腹滚圆的羊，前腿直立、后腿弯曲蹬地，似乎心怀警惕，随时都可能奔逸。然而，它竖起的两耳之间却长着两支小小的鹿角。仔细观察，这匹似羊非羊、似鹿非鹿的怪兽，还有许多怪异之处。比如头部似食草动物，而四足却长着食肉动物的利爪。最奇怪的是，它的腹部竟然有一对鸟的翅膀，而这对翅膀，又酷似某种水族的鳍。而且，除了腿部，它的全身都布满了各种如夔龙、凤鸟、兽面、螭虺等精美而魔幻的纹饰。

这是否就是小说中，姜子牙下昆仑山时从师父元始天尊那里得来的四不像？上天入地无所不能，瞬间可以踏遍四海九州三山五岳。演义里各路神仙所跨珍禽异兽无数，可只要四不像出场，却几乎都得俯首帖耳，堪称西岐第一瑞兽。

当然，这只是一件青铜铸造的牺尊。所谓牺尊，取牺牲之意，为古人祭祀祖先与神灵的器具。这件鹿型的牺尊，背上便开有方盖，祭祀时可以注入美酒。

这件青铜尊出自宝鸡市郊、秦岭北麓的石鼓山。石鼓山因为唐朝时在此发现十只篆刻有秦国统一前一段轶史的石鼓而得名。作为中国现存最早的刻石文字，这套石鼓，历朝历代都被奉为镇国之宝，如今珍藏于故宫博物院。

在石鼓现世的一千三百多年后，这座看似平坦的小山，又一次震惊了世界。

公元2012年春末，当地村民在开挖房屋地基时，发现了一处西周早期的墓葬。经过持续两年的钻探与发掘，共发现商周时期墓葬15座，出土大量随葬品，仅青铜礼器就多达92件，鹿形牺尊便是其中之一。

石鼓山商周墓地，被列为2013年度中国考古十大发现之首。

这个奖项向来被誉为"中国考古界的奥斯卡"。不过，对此殊荣，宝鸡人满是见怪不怪的淡定。载我们的司机，便用一口浓重的西府方言，说在他们这里，随便用脚尖踢踢，都有可能踢出个铜疙瘩。

虽然不无戏谑，但他的话确实有几分根据。

中国的青铜器，出土较集中的地区相对固定，不外乎陕西西安、咸阳、宝鸡和河南洛阳等几地，而尤以西周时的京畿重地宝鸡最为重要。

宝鸡，地处关中平原西部，古称陈仓，是陕西省第二大城市。地名得来远可上溯到春秋：秦文公时，陈仓出现一对神秘的幼童，被揭破来历后显出原形，竟是两只神鸡，其一化石于陈仓山顶；近可溯至唐安史之乱后期：陈仓山忽闻鸡啼，声传十余里，肃宗为鼓舞士气，宣告其为祥兆，并改陈仓为宝鸡，遂沿用至今。

中国第一个有文献记载的青铜鼎，便出在宝鸡。早在西汉武帝时期，今天的宝鸡扶风县境内就出土了一件古鼎，被当作祥瑞报告给了朝廷。武帝十分重视，甚至为此把年号改为"元鼎"。在此之后，两千多年间，宝鸡不断有青铜器出土。截至目前，累计有两万余件，占了全国的一半以上。被誉为"晚清四大国宝"的毛公鼎、大盂鼎、虢季子白盘、散氏盘，全部出在宝鸡。著名青铜器专家马承源甚至声称，在世界上凡有博物馆的地方，必有宝鸡地区出土的青铜器。

就在石鼓山上，宝鸡修建了自己的青铜器博物馆。虽然偏处一隅，但馆藏数量之多、规格之高，已经是国内之冠。

就是在这座馆中，我见到了那件酷似四不像的牺尊。

可以说，以"青铜器之乡"的角度探访宝鸡，对于我有着某种寻根的性质。

我的家乡在浙江永康。虽然处在江南，却有一种超越纬度的硬朗，邑人喜好捣弄各色金属，有打铜打铁的传统，还得了个"五金之都"之誉。

永康人将这归结于黄帝传下的手艺。他们相信，这位五金行当的祖师爷，巡游天下，最终落足永康铸鼎炼丹，并在毗邻的缙云鼎湖峰升天，正如唐《元和郡县志》所载："缙云山，一名仙都，一曰缙云，黄帝炼丹于此。"

这个说法确切与否暂且不提。因为那只传说中在永康铸成的黄帝鼎，我这趟将近两千公里的旅行，被赋予了特殊的意义：一次数千年后的回访，一次江南对于关中的溯源，新五金对于旧五金的致敬。

传说金石感应。永康与缙云，都依照古法仿铸了黄帝鼎。那么，轻轻叩击江南的鼎缘，遥远的西北，某块土原深处是否也会发出沉闷的低响？

簠、簋、觥、盉、鬲、镈、匜、罍、甗……

在石鼓山的青铜器博物馆，我平生第一次同时遭遇这么密集的生僻文字。

所有的器皿都是空的，可我分明感受到一种来自远古的沉重。我有一种不知由来的想象，相信这些形状不一、用青铜围起的空间内，分别禁锢着一段数千年前的记忆；而开启这些记忆的密码，便是这些书写繁复、读音怪异的名称。

然而，面对铭牌，我几乎丧失了流畅默读的能力。这些令我舌头僵硬的古文字，笔画严厉而决绝，散发出无比倨傲的气息，正如它们所命名的青铜器，高高在上，拒人于千里之外。

我莫名地想起了五行方位。宝鸡所属的西方，是日落的方向，属金，主秋气，主杀伐。与我的故乡江南、象征生长与日出的东方,正好相反。

江南出好瓷。我见过许多龙泉抑或是景德镇的瓷器,它们中很多造型,显然汲取了青铜器的创意。只是,瓷器的光滑与温润,很容易令人忍不住想抚摸、摩挲,就像面对情人;但面对青铜器,纵然残缺不全铜锈斑驳,人们却往往如对尊长,会情不自禁放低自己的身段,恭敬供起,绝不敢有任何轻慢。

这样的比较,令我联想起《封神演义》中那些最高级别的神仙名号:鸿钧老祖、元始天尊、太上老君。这些至尊大佬,每一个名号都散发着强烈的洪荒气息,有一种天地初开、万物混沌的终极意味。

不过,很快我的思绪就降落在了他们的徒弟辈上。因为,石鼓山的西周墓葬发掘后,一些考古学家猜测,这片墓地很可能与演义里描述的那场战争,存在着千丝万缕的联系。

很多学者甚至还将其中一座墓葬的背景,追溯到了姜太公时期。

"四号墓中出土的刻有龙纹的四角青铜簋,目前除了故宫有一件传世品之外,在西周早期墓葬中出土还属首次,十分罕见。由此可以推断,墓主人的身份极其尊贵。"

主持石鼓山商周墓葬考古发掘的陕西省考古研究院研究员王占奎表示，四号墓出土的器物酒器少食器多，并且没有发现兵器，根据过往的经验，该墓葬的主人应该是一位贵族女性。

参照同时出土的其他器物，考古人员最终推测，这位女性墓主人，很有可能就是周朝开国天子周武王姬发的王妃邑姜。

根据史料，这位"邑姜"，就是姜太公的女儿。

虽然对于这种说法，学界意见并未达成一致，但是至少可以肯定，石鼓山上的这片墓葬，与姜太公有着极深的渊源。因为考古人员连续在墓中发现了"高领袋足鬲"——这种形制，正是姜戎文化的代表器物。

而姜戎，正是学界基本认定的姜太公的族系。

史籍中记载的姜太公垂钓的磻溪，在石鼓山以东约十公里处，唐代就建有太公庙。通常认为，姜太公的家族在渭河南岸，并且距离石鼓山不远。所以，宝鸡石鼓山商周聚落遗址及其墓地属于姜太公家族是合乎情理的。

也就是说，这块墓葬的主人，即便不是姜太公的至亲，也是同族的部将。他们应该作为周朝的盟友，追随周武王，参加了伐纣的战争。如果以这个角度去看，这些墓葬出土的青铜，分明就是他们带入地下的、沉甸甸的荣耀与骄傲。

在姜太公的时代，衡量一个族系乃至王朝的实力以及文明程度，标准并不是师尊传授的法宝，而是青铜器。

与西方有所差异，在中国，青铜发明之后，这类新的金属，很少用于生产。它们主要被用来铸造两大类器具：礼仪中使用的容器与乐器，或者是兵器与车马所需的配件。简而言之，便是礼器与武器，正所谓"国之大事，在祀与戎"。

缴械方谓投降。因此，彻底征服一个国家的标志，就是夺取他们的青铜器。

石鼓山墓葬出土的青铜器，很大一部分都是战利品，掳自商人的河南、山西，乃至山东——商周易代之际，可以说，普天之下的青铜重器，都被搬入关中，聚拢在了小小的周原。

青铜的向背事实上象征了国家的气运。

这使我想起武王伐纣时的一个细节。周人与商人决战在牧野，也就是今天的河南淇县附近。根据司马迁的记载，此役纣王出动的总兵力有七十万人，然而两军刚一对阵，商军就纷纷倒戈，反过来为武王冲锋。

商周时期，戈也是青铜所铸。调转戈头的那一瞬间，青铜已为这场战争做出了终极裁决。

在石鼓山，我见到几枚当时留下的戈头。奇怪的是，它们中的大多数，都呈现一种弯曲的状态。博物馆的龙剑辉主任告诉我，这就是西周墓葬中的"毁兵"风俗——

这些戈都是被主人自己折毁的，意思是天下太平，从此再不征战。

但这些象征着胜利的青铜的背后，却是累累的坟冢与枯骨。

这种残酷而真实的腐朽，无疑会令那场战争以及太公身上的神性急剧流失。

仙风道骨顿成鸡皮鹤发。左手杏黄旗，右手打神鞭，胯下四不像，这只是小说家的演绎。真实的姜太公，很可能不过是一个佝偻在战车上的垂垂老者。

我告诉自己，或许这样的形象，才更能衬托出这位老人事业的伟大。

关于姜太公的身世详情和遭遇境况，历来众说纷纭。不过，他这个姜姓族群的祖先，却有大量证据，可以追溯到炎帝神农氏。

而宝鸡便是炎帝的故里。

《国语·晋语》记载:"黄帝以姬水成,炎帝以姜水成。生而异德,故黄帝为姬,炎帝为姜。"这里说的姜水,是渭水的一条支流,就在宝鸡市境内岐山县的周原一带。在今天的渭滨区神农镇境内的常羊山上,还有一座炎帝陵。

太公辅佐的周武王,却出自黄帝的姬姓。

"生而异德"。正如周伐商的牧野之战,炎黄二帝,抑或说姜姬二族,其实也进行过一场阪泉之战,最终炎帝战败,归服黄帝,从而形成了炎黄部落联盟。这场战争,也因此被后世视作华夏民族形成的奠基之战与关键之战。

我想起了著名历史学家许倬云对《封神演义》的解读。

关于这部小说,其实有一处不易理解。书中姜太公封神,同列榜单的,不仅有己方死难战友,更有西岐的对头闻太师、赵公明、申公豹等等。似乎在战争结束的那一刻,就勾销了所有的恩怨:封神榜上一团和气。这与西方的神魔大战,比如奥林匹斯诸神对泰坦巨人残酷无情的打击,形成了鲜明对比。

许倬云先生却从姜太公的封神故事里,看到了中国人的气度襟怀,他甚至将其与林肯悼念南北战争中双方阵亡战士的《葛底斯堡演讲》类比。

炎与黄、周与商,乃至于小说里阐教、截教两大阵容，我隐隐察觉，就像泾渭分明却终归一脉，在宝鸡这个地方，很多像他们这样原本势不两立的族群、势力，都会慢慢彼此聚合，发生质的升华。

我想起了宝鸡紧依着的秦岭。秦岭山脉，是黄河、长江两大水系的分水岭、中国南北的分界线，自古就被视作"中华龙脉"。

在世界地理学上，秦岭淮河一线也是最著名的分界线。它划分开的，还有我国的亚热带与暖温带；年降水量大于800mm的湿润气候带与年降水量小于800mm的半湿润半干旱气候带；水稻产区与小麦产区。

各自从局部去看，固然是分隔；不过，如果将隆起的山脉，想象为中华大地上一条牢固的焊接线，秦岭的意义，何尝不是榫卯与联合？而演绎过封神大典的宝鸡，能否理解为这条数千里的焊线上，一个最古老、最核心的焊点？

或许，宝鸡在中国历史上的意义，早就隐藏在了"青铜器之乡"这个名号中：

所谓青铜，是铜与锡或铅的合金。虽然只是如此简单的组合，与纯铜相比，却有熔点低、硬度大、铸造性好、耐磨损的优点。

这个终结了人类数十万年石器时代的发明，以一种崭新的金属方式，向世界显露了向心与凝聚的力量。

那件被命名为"何尊"的青铜器，出现在宝鸡，大概不只是巧合。

在石鼓山的青铜器博物馆，我见到了这件20世纪60年代出土于宝鸡市贾村镇的圆口方体长颈酒器。

虽然工艺精美、造型雄奇，但何尊的体量并不甚大，口径不过28.8厘米，通高也只有38.8厘米，在馆藏的众多大型器中并不显眼。不过，它却是中国首批禁止出境展览的文物，属于顶级的国宝。

何尊之所以重要，是因为尊内底部，铸有12行122字的铭文，其中有一句"宅兹中国"，意思是"我要在国家的中心管理天下"。

——这是目前为止，"中国"一词最早的文字记载。也就是说，第一个书面的"中国"概念，就诞生在宝鸡。

"我要在国家的中心管理天下。"

凝视着近在咫尺的何尊，我反复诵读这句用青铜书写的宣言。我忽然意识到，它的出现，不仅为一段数千年的伟大征程标注了起点，同时也郑重宣布了诸神时代的黄昏。

何尊的铭文，记述的是成王继承武王遗志，营建成周的伟业。

从伏羲女娲到三皇五帝，中国的历史只是口耳相传，谁也弄不清年份事迹。然而，自从青铜出现，人类终于找到了一种可以有效传承的纪事方式。

截至目前，铭文最长的青铜器是出自宝鸡岐山的毛公鼎。长达497字的铭文，记载了公元前841年国人暴动和周公、召公共和行政的史实。因为这件鼎，中国历史有了第一个确切的纪年。

金属与火焰的书写仍在继续。

2003年1月，宝鸡眉县杨家村出土了27件青铜器，其中一件逨盘，有铭文372字，记载了从周文王至周宣王12位西周国王的名号——小小的一只铜盆，浓缩了半部周朝的起承转合。

政治谋划、征战杀伐、祭辞诰命、册赐宴飨、土地转让、刑事诉讼、盟誓契约、婚嫁礼俗。从结绳记事到青铜铭文，在这种自创的金属上，中国人前世今生的记忆终于可以薪火相传。从某种意义上可以说，人类获得了永生。

我又想起了那本《封神演义》。这部百回本小说，最后两回分别是姜太公封神与周武王封国。

我曾经认为，这样的排序有违常理。一部神魔大书，末章通常应该以神魔终结，然而作者却结以人事："且说武王西都长安，垂拱而治，海内清平，万民乐业。后武王崩，成王立，周公相之；自太公伐纣，周公作相，遂成周家八百年基业。"用众所周知的史实收住了全书。

所谓封神，即请三十六天罡，七十二地煞，三界八部三百六十五位清福正神——对号落座。

而现在我已经知道，封神，同样也可以理解为送神。

仓颉造字那夜，"天雨粟，鬼神夜哭"。从甲骨到金石，随着文字的载体越来越坚固稳定，对于这个已经有能力为时间加注刻度并即将开始留下明确纪年的民族，众神，或许应该离开了。

这个回荡着金属铿锵的周原，竟是诸神的涅槃之地。

离开宝鸡前，我前去瞻仰了周公庙。

这位周文王第四个儿子、武王姬发的弟弟，是孔子毕生最崇拜的偶像。他最大的事业，是制礼作乐，上至祭祀、朝觐、封国、巡狩等国家大典，下至丧葬、车骑、服饰、佩玉等具体规范，为整个社会建立了一整套典章制度。

典籍明确记载了周公的死亡。虽然与姜太公同时代，但无论生前身后，他都未曾像前者那样被神话，始终是个逃不开生老病死的凡人。

从周公开始，中国的人间，由人类自己设定规矩。

入周之后，随着熔铸技术的进步，青铜器越来越精美，但所有被发现的埋藏，都遵循着食器多酒器少的规律，还发现过一种叫"禁"的、提醒人们少喝酒的铜案。

周公以此来告诫自己的子民，千万不要忘记，殷商就是亡于酒色。

有一件青铜匜，记载了一个勇敢的奴隶状告主人，结果被罚以鞭刑的案例。这份中国现存的第一部法律判决书，字里行间难以掩饰贵族无可奈何的没落。

有一件名为盉的酒器，记录了一桩用玉器与虎皮等物交换土地的买卖。这可以视为中国目前发现的最早的地契，也可以深入研究当时的物价水平。

折觥，整体造型是一只丰满喜庆的羊，然而细看之下，各个局部分别又是龙、凤、蛇、鱼、象、燕、蝉、猫头鹰……和谐地组合在一起的，足有上百种动物的形象，当时关中的气候植被可以想见。

…………

一个告别了神的世界，在青铜底色上顺理成章。

太王与太公，都已成为传说。

从折弯戈头的一刻开始，炎黄的后人，就将一切纳入了周公规划的轨道。

　　站在周原上,我的耳畔,隐约响起了金属轮毂转动的吱呀声。

霸王城

安徽·垓下

一路上，出租车司机不断摇下车窗向人打听，"垓下"该怎么走。我注意到，他一直把"垓下"读成"骇下"。

在陈旧的灵璧车站，我一度迷了路。把我引导到这座皖北小城的，是一条从古籍中抽捋出来的细线，但接近终点时，线头却断在了一张张茫然的面孔上。

一连问了五六个司机，居然没人知道自己的故乡有座"霸王城"。没奈何，买了一张印刷粗劣的灵璧地图，自己细细寻找起来。幸好，地图的最下方，远远离着县城，有几个小小的红字，标着"垓下古战场"。

那就出发吧。"我也是第一次去那里呢。"司机赧然一笑，但憨厚中明显透着几分纳闷。

他也许不会明白，长线的那一端，遥遥牵着一段最令我迷醉的历史——确切地说，是一段令无数人心跳紊乱、气血逆流的历史。两千多年来，这条若隐若现的线始终飘摇在这片土地上空，就像一根古老的琴弦，每当有南来北往的风吹过，便会发出三两声铿锵的厉响。

音，早已不成音；调，也已不成调。前方，还有人能为我重新抚动这根残弦，再次吟唱一阕楚歌，像公元前202年那个阴霾的冬天一样吗？

那个冬天，以垓下为中心，方圆不过一百来公里的区域内，至少聚集了六十多万名战士，他们被分为两大阵营殊死搏杀。据估算，当时全国人口总共只有两千来万，也就是说，算上老弱妇孺，每三十人中就有一人手执兵刃出现在了这里。

出城半个小时后，垓下，这个被《中国战争史》注解为"丘陵河川密布，不便骑兵运动作战"的地方到了。

只剩了一块篆着"垓下遗址"的石碑。碑不过半人高，夹杂在一片萧条的杨树林中。泥地上枯叶零乱，满目灰黄。

不甘心，四处徘徊，又发现不远处有匹石马，忙上前去看，马背上却晾着一条花被单。石马做扭头回顾状，顺着凝固的视线，是几间土屋，一块晒场；晒场上有位老农原本正在摊晒玉米，此刻停了下来，怔怔地看着我。

将近饭点，土屋的灰瓦顶上升起了淡淡的炊烟；几只母鸡围着晒场欢快地刨着土，不时偷啄几粒玉米；一条黑狗趴在边上无精打采地打盹。

我也如那位老农一般，怔怔地注视着这一切。不知不觉，一种慵懒而哀伤的情绪淹没了我。我感觉浑身的力气似乎都随着炊烟，一点点散发出去。如果此时手中握有一柄剑，我想，不用多久，它应该就会铿然坠地。

剑戟早已腐朽成泥，遍地的白骨更已是风化成灰，毕竟两千多年了。但对着这幅虽然有些荒凉却静谧祥和的画面，在这曾经的战场上，曾经的楚歌又像潮水一样慢慢向我浸漫过来。何止四面，铺天盖地都是凌乱的音符，滑腻、柔软、媚惑、诡异，如同亿万条蜿蜒曼舞的黑蛇，一点点吞噬了血色的夕阳……

乌云深处，我看到了刘邦那张因狂喜而抽搐不已的脸。只是不知为何，在我想象中，此时他的眼角竟也是湿润的——

他细长的手指，有没有和着歌声不自觉地在剑把上轻轻敲击节拍呢？

石马大张着嘴，似乎仍在竭声长嘶。

"吾骑此马五岁，所当无敌，尝一日行千里——"

一日就能驰骋千里，可跑了几十个世纪，你至今还被困在这小小的垓下吗？

在中国历史上，垓下大战具有某种象征性的意义。交战双方，无论刘邦，还是项羽，或许都不会意识到，垓下一役，终结了一个最漫长的战争时代。远的不说，仅从周平王东迁开始，先春秋后战国，中国始终处在此起彼伏的厮杀中，从全局来看，几乎没有一年不起战火；秦始皇的暴政，使得放马南山的梦想只能是昙花一现；然而，此役之后，在中国历史上，再也没有出现如此长久的大规模战乱，即使是日后的"五胡乱华"、南北朝对峙。

可垓下于我，还有另外的意义。

我自然不是英雄，但我相信，在中国，所有的英雄都有一个共同的伤口，平日里掩饰在重重铠甲之下，旁人无法得知；只有他自己清楚，身体的某处其实一直在隐隐作痛，尤其是酒醒人散之后，这种痛楚更是深入骨髓。

垓下，就是天下英雄所共同承受的伤口。无论尘埋多久，只要稍微一碰，鲜血仍会汩汩流出。在这里，高贵败给了卑俗；勇猛败给了权谋；狂怒的雄狮，败给了一群嬉笑的豺狼。

从此，"西楚"二字被抹上了夕阳的色彩，而舞台上的霸王，眼角描黑沉沉下坠，永远带着哭相。

一代又一代，总有人不甘心啊，所以，一副残局被反反复复拆解了几千年。

卒子已过河，将帅已相接，摊开棋盘，垓下重又燃起烽火。拈一颗棋子在手，你选的是楚河，还是汉界？

假如真能选，假如真能回到那个冬天，我想，我必定会从血泊中拾起一支缺口的长戟，呵斥刘邦的十面埋伏分开一条小路，让我能走到项羽的大营外，向他报到。

谁说垓下就是绝境？谁说项羽麾下的十万男儿必定敌不过刘邦的五十万大军？有谁能忘记，就在短短三年前，彭城大战中，项羽仅用三万骑兵，千里奔袭，狠狠一击，便将刘邦五十六万人消灭殆尽！那一仗，连刘邦本人都险被生擒了，逃命路上，亲生儿女的死活都顾不得，接连三次将其推下车去。不正是在这垓下附近的濉河上吗，楚军一口气斩杀了十万汉军，溺亡者更是不计其数，使得河水都被阻塞断了流。

即使如今形势发生了根本的逆转，楚军补给断绝、士气低迷，但你看，项羽不是仍然可怕吗？纵然被重重包围，但他仍然如同一道势不可挡的红色闪电，马蹄到处血肉翻飞；可怜汉军不敢正面堵截，只能顺着他的冲击，前仆后继地用人墙遥遥裹着，随他一道翻滚腾挪，连三十万之众的韩信部队都一度被打得节节后退。

就算是一张哭丧脸谱，但古往今来，可有第二人配用？鼓点声里暴雷似的叫一声板，昂然一亮相，舞台也得晃上三晃：那是一张专属霸王的"无双脸"啊！

但天终究还是渐渐暗了下来。暮色四合时，尸横遍野的战场上突然曼声唱起了楚歌，唱起了来自项羽故乡的歌谣。

如果当时我在场,我也会明白,那根压垮骆驼的稻草终于出现了。楚军,还有项羽本人,命运已经注定。这一曲楚歌,即将为持续五百多年的战争画上句号。

但我还是愿意跟随项羽战斗,直到最后那一刻。

应该说,我喜欢项羽,不仅仅只是因为他个人的魅力;或者说,我欣赏的不只是项羽本人,而是更为广泛的群体。

楚人,一群眸子里写满高傲和不服的人。

自从登上历史舞台的第一天起,号称火神祝融苗裔的楚人便显示出了一种与生俱来的桀骜不驯,就像燎原的野火那样肆无忌惮。起初,这种野性只是暗暗在南方的丛林草泽中蓄积着力量,很快,带着草木腥气的炽热锋芒便再也按捺不住,瞄准当时世界的中心——庄严肃穆的中原诸国——箭一般射了过去。

"今诸侯皆为叛相侵,或相杀。"瞧瞧你们这些家伙,搞得天下乱七八糟——公元前8世纪末,楚部落首领熊通面向北方,黝黑的脸上,嗤笑丝毫不加掩饰。"我有敝甲,欲以观中国之政。"我这里倒也有几副旧盔甲,换我们上场试试看如何?最起码,凭实力,你周王也得给我一个合适的封号吧。

居然不答应？无妨，"王不加我，我自尊耳！"你不就是个破王吗？我也给自己封一个，你我本该分庭抗礼！"我蛮夷也，不与中国之号谥！"熊通血气上涌，他又想到了先祖多年前的壮语，手按剑把霍然起立。这一刻起，天地间多了一位愤怒的"楚武王"——三言两语，楚人便开了诸侯称王的先河。

一个王爵并不能满足楚人的远大抱负。勉强忍了几十年，他们干脆把军队开到周都洛邑附近，在周王眼皮底下搞起了阅兵；吓得周人屁滚尿流，忙不迭地派了人去慰劳楚师。

"听说你们那里有几尊从前大禹铸的鼎。"楚庄王乜斜周王的使臣，把玩着酒爵，似乎是漫不经心地问了一句，"你知道它们的斤两吗？"

使臣顿时浑身冷汗淋漓，那九鼎可是天子政权的象征，这些蛮夷竟然问鼎中原来了。好在他还算机智，临时凑了一段天命在周的大道理搪塞。

你们留着那堆烂铜继续当宝贝供着吧！"我楚国随便折一点戈矛的尖头，就足以铸出九鼎来了！"楚庄王呵呵大笑。

"不服周",不只是楚国君主的禀性,它从来就是楚人最根本的基因,直到今天两湖地区很多人还将此语挂在嘴边,标榜不畏权威、不受管束。楚人的很多习俗与中原迥异,甚至截然相反。比如最基本的方向尊卑,当时中原诸国基本都尚右,以右为贵;而独有楚人偏偏尚左,把右压在底下。左右一颠倒,等于扭转身躯,针锋相对地抗衡中原。

甚至在文化上,楚人也自有主见,不肯轻易低头。孔子周游列国,虽然常常困顿,有时还被调侃为丧家之犬,但一部《论语》翻下来,他还是在楚地时最感惆怅。一路上接连遇到长沮、桀溺、荷蓧丈人等隐士的冷嘲热讽,末了还被一个佯狂的楚人凑到车前放声高歌,火辣辣地教训了一番。

中国文化两大源头之一的道家,其创始人老子据司马迁说便是楚人。

倔强的高傲,有楚国强大的国力在支撑。它在春秋战国都属第一等强国,最盛时几乎占了当时全中国的一半。秦始皇吞并六国,头号劲敌就是楚,首次出师二十万,竟被打得落花流水,之后不得不倾全国之力,押上压箱底的六十万雄师,相持一年多才攻入了楚都。

但即使被灭了国,楚人还是不服输。不知从什么时候起,楚国故地开始悄悄流传一句预言,或者说,是一句咬牙切齿的诅咒:

"楚虽三户,亡秦必楚!"

如果真有神秘的宿命,无疑,项羽就是背负着这句诅咒降临人世的。

那次巡游会稽,不知秦始皇坐在车内,是否会感到有股刻骨的寒意穿透重重帷幔向自己袭来。他会为之莫名地惊悸吗?因为就在车轮扬起的滚滚尘土中,有位楚国少年,刚发完一句誓言,正朝着他那庞大的帝国悄悄捏紧了拳头。

也许,几年前他也曾有过类似的感受。那也是一次出巡,有位叫刘邦的亭长,在瞻仰了始皇帝车驾的恢宏气派后,情不自禁说了一句大话:"大丈夫当如此也!"

不过,仔细分辨,这两股寒意却不尽相同:"大丈夫当如此也",只是一种来自脚底的艳羡;而来自那位叫项羽的楚人的,却是一盘兜头浇下的冰水:

"彼可取而代也!"

语气中分明透着不屑——在项羽眼中,竟连秦始皇这位千古一帝也不过如此。

偌大人间，可有哪一位，当得起与项羽平平对视一眼呢？

"项籍少时，学书不成，去；学剑，又不成。项梁怒之。籍曰：'书足以记名姓而已。剑一人敌，不足学，学万人敌。'"——是啊，天下本无一人架得住我随手一剑，还是万人并肩齐上试试看吧。

"于是项梁乃教籍兵法，籍大喜，略知其意，又不肯竟学。"——够了，够了，世间有谁，值得我殚精竭虑施展全力呢，学得再多也是屠龙之术，白白糟蹋一番功夫。

的确够了。巨鹿之围，面对三四十万耀武扬威的虎狼秦军，十多路诸侯援军无一敢挺身出战。坐以待毙之际，突然听到东南方向响起了雷鸣般的马蹄声，地平线上飞沙走石，一寸一寸浮起一支烈焰似的军队。

这是一支只有五万多人的军队，每个战士红盔红甲，身边仅带着三天的粮饷。他们已经不能回头：营房已被焚毁，锅灶已被砸碎，乘坐的船只也已被凿穿，沉入了江底。而做出这全部决定的，就是他们的新统帅——项羽。此刻，他正远远地冲在队伍的最前方。

项羽以破釜沉舟宣告天下，他的楚军根本不需要退路——太阳底下绝没有什么能阻挡他们，即使前方是座森森的刀山，他们也能凭血肉之躯把它踏成齑粉。

亡国十五年后，楚国末代名将项燕的孙子，项羽，终于羽翼丰满。他狂啸一声，以典型的楚人形式，向大秦帝国发起了凌厉的复仇之战；同时，在酣畅淋漓的复仇过程中，他也将楚人的性格展现到了极致，将一个"楚"字推上了历史的巅峰。

"及楚击秦，诸将皆从壁上观。楚战士无不一以当十，楚兵呼声动天，诸侯军无不人人惴恐。于是已破秦军，项羽召见诸侯将，入辕门，无不膝行而前，莫敢仰视。"

短短一年后，这团火焰就烧到了秦都咸阳："项羽引兵西屠咸阳，杀秦降王子婴，烧秦宫室，火三月不灭。"

火光熊熊，空气中弥漫着焦臭的味道。站在猎猎飘扬的"楚"字大纛下，项羽抬起头，冷冷地对着天空。

满天是猩红的赤霞，似乎连苍穹也给点燃了。

垓下的血腥散去，一切都尘埃落定之后，刘邦君臣有过一次著名的对话，内容是分析项羽失败的原因。大臣高起、王陵认为主要原因是项羽"妒贤嫉能，有功者害之，贤者疑之，战胜而不予人功，得地而不予人利，此所以失天下也"。而刘邦则认为项羽关键在于不能用人，自己能驾驭张良、萧何、韩信三杰，项羽则"有一范增而不能用，此其所以为我擒也"。

假使项羽地下有知,该会冷笑,笑尔等庸人岂能懂得男儿胸怀,居然发出这等谬论。说什么妒贤嫉能,有谁够分量能让我项羽嫉妒呢?所谓"战胜而不予人功,得地而不予人利",大局全在我自家掌控之中,众人不过跟在后面跑得一身臭汗,难道果真受得起霸王的犒赏吗?还有什么不能用人,打个江山我项羽一人就已绰绰有余,何劳什么范增范减指手画脚!倒是那位司马迁有句话说到了点上,说我项羽是"奋其私智",说得痛快!我项羽原本就要以一己"私智"与天下人好好较量一番,手中霸王戟,胯下乌骓马,足矣!

抚着冰凉的垓下遗碑,胸中气息狂乱;良久良久,终于长叹一声,轻轻拍拍石马的脖子,我重新坐上了车。

出了古战场,我要去凭吊一场中国历史上最著名的离别,一场令项羽平生第一次,也是唯一一次流泪的离别。

"哎呀——"重重一跺脚,檀板轻敲,一座冰山悄然开裂,虎目渐渐泛起晶莹,"依孤看来,今日是你我分别之期了——"

音调低沉苍凉,一刹那间,楚歌戛然而止;沙场上空,悠悠飘起了雪花。

虞姬墓。

今天大门专为我而开；请原谅我冒昧前来，打扰了墓园的宁静。

果真是霸王的虞姬，守墓的石狮鬃毛高耸，体形修长，在妩媚中透着威武。虽然时节已入深秋，坟茔仍碧草萋萋，从灰蒙蒙的垓下过来，尤感清润非常。

有风吹过，满园草木微微摇摆，其中，可有一株名为"虞美人"的香草？——"姬葬处，生草能舞，人呼为虞美人。"（冯梦龙《情史》）

宋人沈括在《梦溪笔谈》中提到，只要奏起《虞美人曲》，虞美人草便枝叶摇动，但除了此曲，对其他任何曲子都无动于衷；有人大惑不解悉心研究，最终发现，此草只对吴音有感应。

吴地早就并入了楚国，吴音本是楚音，纵然化身为草，虞姬依旧只为楚舞。

如果有人在墓前擂响大鼓，用楚音再高唱一阕《垓下歌》，会不会茔草起伏、落叶纷飞呢：

"力拔山兮气盖世，时不利兮骓不逝。骓不逝兮可奈何，虞兮虞兮奈若何！"

《楚汉春秋》中收录了一首虞姬的《和项王歌》：

"汉兵已略地，四方楚歌声。大王意气尽，贱妾何聊生！"

听到项羽的悲歌，虞姬立即有了"大王意气尽"的结论。的确，《垓下歌》充分暴露了项羽的绝望。日本学者吉川幸次郎曾评论过这首诗，他说项羽唱出了"把人类看作是无常天意支配下的不安定的存在"，我认为他已经触摸到了项羽——甚至所有楚人——心灵的最深处。

楚人强悍的外表下，其实藏有一种无可比拟的自卑，从一开始，这种自卑就已经深深扎根：

为何"不与中国之号谥"？

只因"我蛮夷也"！

没错，中原诸族都是受到上天眷顾的宠儿，而我们却是被放逐于荒野的蛮族，天生就被排斥在正统之外。如此心态，奋发、叛逆和不服自是本分，而所谓的高傲，本质也不过是对自己逆向的保护，一种掩盖自卑的伪装。

因为这种被放逐的自卑，楚人在潜意识中对上天有一种挥之不去的怨恨和莫名的恐惧。楚人巫风极盛，可是在竭力奉承神灵的同时，他们总是怀疑无论自己如何努力，上天都不会真正平等地接受自己，因此对上天总是有一种若即若离的敌意。屈原的楚辞中，天帝总是高高在上、冷若冰霜,连天门的看守对他也总是爱理不理。

假如处在顺境之中,这种对天命缺少信心的自卑还能够暂时压制,可一旦事态恶化,那么所有对上天的怨惧就会如洪水决堤一般不可收拾。

尤其是从来所向无敌、登上过人间顶点,"灭秦,分裂天下,而封王侯,政由羽出,号为'霸王'"、"近古以来未尝有也"的项羽,任何失败都可能致命,因为那都将被理解为自己终于遭到了上天的遗弃。

"大王意气尽,贱妾何聊生!"

当纤弱的身躯缓缓后仰,当一双大手颤抖着托住柔软的腰肢,当热血在铁甲上溅出凄艳的红菊,虞姬凝视着项羽,苦苦一笑。

琴弦急促沙哑,泪水滚滚而下,浓重的油彩一点一点被冲刷洗去;最终,出现在虞姬眼前的,是一张苍白、年青的脸,悲愤,惶恐,孤独,甚至还有些稚气。

今年他才只有三十岁,还是大孩子呢,虞姬忽然感到一阵怜惜,不禁想去替他拭去眼泪,但她已经再也无法抬起手来。

或许是不忍,司马迁没有叙述虞姬的殉情,在"歌数阕,美人和之,项王泣数行下,左右皆泣,莫能仰视"之后，便跳到"于是项王乃上马骑，麾下壮士骑从者八百余人，直夜溃围南出，驰走"。

令无数后人扼腕的是，这次突围原本可以取得成功，乌江边上，唯一的渡船迎到了项羽的身前。但是项羽笑笑，不走了。

我把这理解为，一开始的突围，只是项羽极度悲痛之下被部下簇拥着的无意识行动，直到在马背上疾驰半夜后，才在凛冽的朔风中渐渐清醒。

堂堂西楚霸王，岂能狼狈逃窜？即使面对不可抗拒的天命，项羽一样要维持尊严。

于是他转回身来，背对乌江。

"吾起兵至今八岁矣，身七十余战，所当者破，所击者服，未尝败北，遂霸有天下。然今卒困于此——"说到此处，不觉心如刀绞，顿了一顿。

"此天之亡我，非战之罪也。"语气低回，仿佛在自言自语。又沉默了片时，项羽猛然厉喝："今日固决死，愿为诸君快战！"

重瞳的眸子立时精光闪耀，直要喷出火来。他依次扫视着最后的楚军——此刻在他面前还有二十六骑——尽管人人遍体伤痕，可一字排开，依旧渊渟岳峙，依旧能让任何一位名帅宿将都不寒而栗。

"令诸君知天亡我,非战之罪也!"我的敌人只有一个,但绝不是刘邦,他远远不配!

用力一顿,项羽把长戟深深钉入结着薄冰的红土中,大地仿佛为之微微一晃。飙风突起,干枯的芦荻纷披散乱,尽皆低伏在地。

接着,项羽抛开头盔,扯下早已被鲜血溅湿而又被冻得僵硬的战袍,一个一个解开了甲扣。

项羽决定,以最原始最轻蔑的状态来进行他的最后一战。他想看看,到底是谁,能把冷冰冰的刀刃送入自己身体。如果真有那样的人,他不愿这身金光闪闪的甲片阻碍了他的勇气——能伤了西楚霸王的,必定也是盖世的英雄。

在十二月的乌江边上,项羽坦开了衣襟,披散的发丝在空中飞扬。他抬起头,冷冷地对着天空,握戟的虎口慢慢开始渗血。

彤云密布,重得像要坠了下来,几乎压到了鼻尖。

项羽死后,刘邦以鲁公之礼安葬了他,并在葬礼上表现得很伤感:"为发哀,泣之而去。"

刘邦此举是否出自真心,人们大多表示怀疑。但《史记》还记下了他回乡时的一次哭泣,那次哭泣应该发自肺腑；有意思的是，对此，司马迁同样用了描写过项羽的"泣数行下"四字。

那是在一次宴会上，刘邦酒酣，亲自击筑，并高歌一曲：

"大风起兮云飞扬，威加海内兮归故乡，安得猛士兮守四方！"

"高祖乃起舞，慷慨伤怀，泣数行下。"

项羽已灭，乾坤已定，刘邦为何还是如此慷慨伤怀？莫非，他也感觉到了人类是"无常天意支配下的不安定存在？"

应该是的，因为《大风歌》也是一阕楚歌，汉高祖刘邦，原来同样也是楚人！

刘邦的故乡沛丰，早在他出生前三十年就被楚国吞并了，他在楚地上土生土长，终生保持了对楚服楚歌的嗜好；而他被人称呼了多年的"沛公"，更是典型的楚国官职——列国之中，只有楚国称县宰为"公"。

"安得猛士兮守四方！"一介布衣，居然提着把三尺剑坐上了至尊的皇位，虽然目前看来天恩眷眷，可谁知道这是不是上帝不怀好意，与他刘邦开一个大玩笑，就像当年对待项羽那样呢？

得了天下的楚人刘邦，痴痴地凝望着卷舒变幻的浮云，目光中流露出无限的虚弱和无助。

这次回乡，是刘邦在平定英布叛乱后，回程时顺道所为。

平叛的主战场，也在这一带，离垓下和虞姬墓只有几十公里，对刘邦来说，也算是故地重游。

两军一对阵，刘邦就变得脸色铁青，后背全是冷汗。那一瞬间，他产生了一种错觉，恍恍惚惚以为项羽六年后又从天而降，出现在了自己的面前。

英布原本是楚军悍将，行军布阵一如项羽。

那一仗中，刘邦中了流箭，返京之后，伤势越来越重。

当医生委婉地表达已经无能为力之后，刘邦大骂："我命在天，纵使扁鹊再世，又有何用！"随即打发走医生，再不尝试医治。

与行至末路的项羽一样，疾入膏肓的刘邦也有一次离别，与他最宠爱的戚夫人。

"你为我楚舞，我为你楚歌！"

还是一曲楚歌，还是一句奈何：

"鸿鹄高飞，一举千里。羽翮已就，横绝四海。横绝四海，当可奈何！虽有矰缴，尚安所施！"

天鹅已经展翅九天,人间的弓箭已经无能为力,一切都已经不在我掌握当中,奈何啊,奈何!

连歌数阕,戚夫人嘘唏流涕,难以自抑。

刘邦黯然推开酒杯,挣扎着站起,不发一言,转身踽踽离去。

关山北镇

辽宁·医巫闾山

北镇医巫闾山

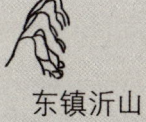

中镇霍山

西镇吴山　　　　东镇沂山

南镇会稽山

"岳镇海渎"。

这是一个令很多当代人颇感陌生的古老词汇,但这四个字,却有着无限伸展的外延,直至涵盖整个华夏地貌。数千年来,作为山川海泽之灵,它们一直被列于国家最高级别的祀典——直到今天,在北京的地坛、先农坛,我还能看见属于它们的神位森然林立。

东南西北四海、江淮河济四渎暂且不论。岳者,五岳;镇者,五镇。东镇沂山、南镇会稽山、中镇霍山、西镇吴山、北镇医巫闾山。

此行,我探访的便是北镇,医巫闾山。

"舜即位,分冀之东北医巫闾之地为幽州。"(《古今图书集成·职方典》)

作为名词,"医巫闾"的出现,在汉文典籍中绝对属于异数。

在纸张尚未发明的先秦,高昂的书写与传播成本,很大程度上决定了对事物的命名必须尽可能简洁清晰,以至于有时候反而烦琐到令人生厌:比如同样是牛,由于皮色毛角的微小区别,便有数十个各自对应的特指汉字。

不厌其烦的背后是古人的自信,认为他们只需一个字,便能精确地概括某一类物象,正如高明的牧人仅凭一个绳圈便能套住野马。以此自信命名世间万物，两字已属奢侈，三字更是绝无仅有。

"医巫闾"，自从被书写的那一日起，这个名词似乎便有一种横平竖直的笔画所难以拘束的桀骜不驯。而"医"以及"巫"，这两个早于儒道、来自远古，象征着人类早期文明的行业，更是为其灌注了某种蛮荒而神秘的力量。

就像羊群中出现的牦牛，跻身于汉语词汇群中的"医巫闾"显然是个臃肿而粗野的另类。旅行尚未开始，我便已经意识到，这注定将是一场游离于汉字边缘的探访。

医巫闾山位于辽宁西部，在今天的锦州地区境内，属于阴山山系；山体大致呈东北、西南走向。

"阴山余脉入热河，是为斜贯省内七老图山。转而东北行，至柳条边松岭门岈为松岭。进入辽宁后更东行越大凌河特起四千尺，为东北最早见于典籍之名山即医巫闾山脉，至此向东低为丘陵。"（《奉天通志》）

医巫闾山，南北绵亘45公里，周围120公里；山形掩抱六重，主峰望海峰海拔867米，雄浑苍莽，蔚为大观。不过，中华钟灵毓秀，名山高山层出不穷，加之偏处一隅，医巫闾山似乎先天不足，缺少某种能在全国范围内被推崇的资质。何况无论跨域、高度，甚至于景色，即便只在东三省范围内，也是难占鳌头：同样级别的名山，东北至少还有长白山与千山两座。

实际上，它的名称同样暴露了这种尴尬。有关"医巫间"的考证，历来便是学界争论不休的话题。虽然至今未有定论，但源自乌桓、鲜卑、契丹、蒙古等游牧民族语中"大山"的汉语音译说，已为越来越多的人所接受。

辩论的趋向，日渐还原了医巫间山作为民族性、地域性名山的最初属性。但是，随着胡语"大山"音译说成为主流，那个问题也就愈发令人寻味：

为何如此一座并不特别高大、并且有着胡族背景的医巫间山，不仅力压千山与长白山，在一百五十余万平方公里的东北大地上位列各大名山之首，甚至在东亚的文明之初，便进入了华夏视野，成为中华版图中最重要的北方山脉？

"东北曰幽州，其山镇曰医巫间。"（《周礼·夏官·职方氏》）

医巫间最初只是幽州一州的镇山。

所谓镇山，类似于海船中的压舱石，肇始于舜帝时的那场大洪水。大禹治水之后，舜帝依然心有余悸，为了防止脚下的大地再度在洪流抑或其他灾害中漂流迷失，遂于每一州选取境内一座大山加以重镇。医巫闾便是幽州的镇山。

周秦以来，医巫闾山的地位越来越重要，突破州镇限定的趋向越来越明显。至晚在东汉，包括闾山在内的"四镇"说法便已深入人心，公元六世纪末，最终由官方加以确认：隋开皇十四年（594）闰十月，诏东镇沂山、南镇会稽山、北镇医巫闾山、冀州镇霍山，并就山立祠。从此，如同五岳，这四镇名山（开皇之后，四镇有过一些调整，最终成为今天的五镇）不再局限于各自的属州，而是逐一象征了中华大地的各个方位。

从此，"北镇"成为医巫闾山的同义词。直到今天，医巫闾山的东麓，还有着一座以此为名的古城。而这座隶属于锦州的县级市，作为医巫闾山最高峰以及主景区所在地，便是我此行的目标。

高铁时代，往往会令旅行者恍恍惚惚忘却身之所在。上午杭州发车，黄昏已达锦州。一阵风过，三千里路一气呵成，速度之快不时令我有种虚幻的感觉。

虽然只是一个白天，但我知道，由江南而苏北，由苏北而齐鲁，过天津唐山，经秦皇岛出山海关，就在过去的八九个小时,我已经穿越了好几个文化带。

事后看来,我应该感谢这种多文化带的不间断观照,以至于见到医巫闾山的第一眼,我就解决了此行的一个疑问。

我是带着几个问题来探访北镇的。其一是如前所述,一座整体看来并没有太多优势的山,是如何从地方走向全国,最终成为中华北方的山川图腾而登上神坛的。

无他,出山海关之后,一路开阔平坦,偶有起伏,也不过是些散碎的土坡丘陵;时值深秋,玉米高粱满目金黄,祥和中也透着难免的枯燥。而昏昏欲睡之时,视线极处骤然浮起一脉斜亘长山,刀劈斧削牙爪峥嵘,简直像平地跃出一头猛虎。若以音乐为喻,恰如长时间丝竹呢喃之后金锣骤击,不由人不为之精神一振。

更重要的是,医巫闾乃出关后第一座大山。拔此头筹,千山、长白山纵然百般不服,也只能屈居其下;换一个角度,东北三大名山,医巫闾也是最近中原者,且舜帝敕封之时,千、长二山地区尚属冰雪重重遮盖的原始森林,很少有外人知晓。

首先是得天独厚的地理位置奠定了医巫闾山的辉煌。幽冀两州之间若断若续的关系、若即若离的距离,加之平原的衬托，令闾山的每一米高度都有四两拨千斤的效果，每一块山石都会耸立得层峦叠翠、恰到好处。

"冀州之境，由太行而东，尊严高峻，惟医巫闾山为诸山之冠。"（《古今图书集成·职方典》）

北镇中华，舍医巫闾其谁？

于是，另一个问题随之而来：

作为始封于四千年前、一度与"五岳"平起平坐的"五镇"，与前者声势的历久弥新恰好形成鲜明对照，"五镇"为何日薄西山，不可讳言地被越来越多的人所遗忘——

未离江南之前，我特意向多人询问是否听说过医巫闾山，知者寥寥；至于"五镇"，知道的更是意料中的十无一二，连绍兴人都不知道自家门前的会稽山曾经有过天下"南镇"的荣耀。

北镇只是近些年开始的叫法，更多的时间，这座古城被称为广宁，因为医巫闾山在元代的"贞德广宁王"敕封而得名。

这是座安静的小城，同辽东其他地方一样，种植很多柳树。因为这种水润而阴柔的树木，这片水土在过客眼中也绵软起来，行走间脚步似乎也多了些空灵。

然而，这里的每一块砖瓦都暗藏杀机。广宁其实是一座因战争而建的城市，自从战国时燕国置郡后，无论汉家的秦汉隋唐，还是胡族的辽金元，都将其设为军事重镇，两千年来经历的兵戈战火难以计数；入明之后，紫禁城更是在这里押上了帝国最重的砝码：辽东太监、辽东巡抚以及最高军事长官辽东总兵，皇政军三大员全都驻节广宁，广宁由此成了整个东北的军事指挥中心。

折戟沉沙。我来时，这座曾经由堡、台、关、隘重重围起的军事堡垒，早已被时间磨平了棱角，除了半厢老庙、一截城墙、两座古塔，城内最著名的地标性古迹，便只有鼓楼与牌坊了。

鼓楼与牌坊相邻。有点意外，它们竟然坐落于北镇最热闹的街头，四周摆满了露天摊位。鼓楼南题"幽州重镇"，北题"冀北严疆"，即便深陷摊贩重围，依然散发出肃穆之气。牌坊石质，通高三丈，仿木结构，四柱三间五楼式单檐庑殿顶，雕刻精美豪华，只是有些风化了，辨认上面的字迹得花些力气：

"天朝诰券：镇守辽东总兵官兼太子太保宁远伯李成梁。"

正如医巫闾山是中华大地的北方镇山，对于大明王朝，李成梁也有着同样的性质。

李成梁一生，极富传奇性。他是铁岭人，祖上因唐末变乱而避难于朝鲜，明初自朝鲜内附。成梁前半辈子贫困潦倒，四十岁才以低级军将入仕；中年从军，竟大放异彩，智勇双全敢打敢拼，很快成为独当一面的主将，连连奏捷，打造出一支所向披靡的辽东铁骑，边帅武功之盛，二百年来未有。

李成梁两度镇守辽东，首尾长达三十年，是事实上的东北之王，不仅女真各酋对其俯首帖耳，即便是蒙古部族最为神勇、号称战无不胜的速巴亥大军，也不敢进犯辽东半步。

直到八十三岁高龄，李成梁才卸任辽东总兵。公元1615年，他病逝于北京，享年九十。

五行山崩猴王出。李成梁死次年，努尔哈赤称"覆育列国英明汗"，建国号"大金"；三年后，以"七大恨"檄文告天，正式向明廷宣战。

——努尔哈赤曾为李成梁家奴，多年事李如父，辽东流传许多二人的轶事。据说李成梁也看出了努尔哈赤的狼子野心，几次要杀他，但努尔哈赤总能化险为夷。北镇人言之凿凿：有一位当年几度救过努尔哈赤性命的狐大仙，至今还在鼓楼上的"狐仙堂"享受清代后人的香火。

的确,鼓楼的楼室内,我看到了几尊慈眉善目的道装老者塑像,被信众的香烛熏得隐隐泛着油光。

狐仙有鼓楼,李成梁有牌坊,医巫闾山也有属于它的一座庙。

作为医巫闾山神的祠堂,北镇庙始建于隋开皇年间,辽金元都有扩建,明清两朝也进行了多次维修。目前的建筑,基本属于清晚期的整修格局。

五镇的没落更多是指其在民间的影响,至于皇家,直到清朝覆灭,仍然将其视为祭祀的对象:从隋唐开始,直至辽金元明清,历代朝廷除了每年都要奉典告祭之外,凡遇大典,如皇帝即位、婚娶,抑或"天时不顺""地道欠宁",都要亲自或者派遣官员前来祭拜。

意味深长的是,祭拜医巫闾山的朝代中,连北宋也没有缺席。燕云十六州的失去,将辽东划归了辽国;大宋君臣便在定州(今河北定州)设祠,每年遥祭这座已是敌国领土的北方镇山。

北镇庙相当宏伟。南北长280米,东西宽178米,占地近5万平方米;殿宇七重:石坊、山门之后,由南至北依次为神马殿、钟鼓楼、御香殿、大殿、更衣殿、内香殿、寝宫；建筑风格与北京故宫类似，只是屋顶覆以绿色或者灰色琉璃瓦。

按照明清以来的中国建筑规制，相比象征皇权的明黄，绿琉璃瓦只差一肩。北镇庙的绿瓦，与红墙一道向世人昭示着其显赫的皇家背景。仅有清一朝，康熙、雍正、乾隆、嘉庆、道光五位皇帝都曾来此庙祭山，特别是乾隆，四临北镇，三登闾山，甚至还在庙侧修建了一座二层山门、三进院落、八十一间房的庞大行宫。

行宫已毁，往事也已荒芜。闾山遥遥，四望浩荡，庙内就我一人，庙门开阖声中都能听出辽远的回响。摇落时节，惶惶然行走其间，想象着当年一代代帝王意气风发而来，踌躇满志而归，转瞬间灰飞烟灭，不觉低声长叹。

人走茶凉。再大的盛事终究也只能被转化为石头上冰冷的文字。北镇庙内五十六通破损程度不一的石碑，如同早已燃尽的香烛，在残阳中默默矗立；日晒夜露的时间包浆，使得碑上的文字大多漶漫不清，敌对王朝间的火气也已销蚀殆尽。

北镇庙的山门外有四尊石狮，据说与别处不同，乃是一绝：每尊表情各异，分别为喜怒哀乐。不过，在这个午后，在我看来，它们再怎么努力嬉笑，还是掩饰不了一种共同的情绪——

寂寞，抑或阅尽世事之后的悲凉。

抚摸着伤残冰冷的碑石，面对医巫闾山，在没有第二个游人的北镇庙中，我终于问出了那个问题：

为何同一座镇山，皇家与民间，文化定位却会如此之悬殊？

北镇庙供奉的医巫闾山山神，是一位相貌威严的王者。庙内并无任何文字说明其身份。不过，据《太平御览》载，医巫闾山的山神，居然是唐尧的长子丹朱。

如果此说属实，那么尧舜之间的禅让是否存在阴谋以及医巫闾山有无流放地性质都可重新考量。不过，在舜最有力的帝位竞争者之外，丹朱的另一个身份更令我感兴趣：

他是围棋界始祖，史上第一位围棋高手。

这种联系忽然启发了我，令我以弈者的视角，对舜的封镇，有了全新的思考。

"镇"，其实也是一个常用的围棋术语，为阻挡对方向中央发展，削减对方势力的重要手段。

棋法即兵法。我又想起了李成梁。关于他的镇辽功过，史家其实褒贬不一。诚然，李成梁勇猛彪悍，是明朝极为少见的进攻型将领，但他治理辽东，也存在着相当大的问题，与同时代的另一位名将戚继光比较，欠缺更是显而易见：戚继光剿倭，尽量斩草除根不留后患，而李成梁治理女真却惯于在各个部族中搞平衡，扶植一批，打击一批，以此养寇自重；戚继光生活俭朴，李成梁奢靡跋扈；戚继光治军严明，李成梁却纵容部下，甚至屡屡杀良冒功。

直到今天，许多学者还将李成梁视作明朝灭亡的罪魁祸首，毕竟努尔哈赤是在他的扶持下丰满了羽翼。其实在总兵任上，李成梁就曾因此遭受过激烈的弹劾。

当时主政的是张居正。他一次次按下了雪片般飞来的弹章。

——张居正死后，李成梁终于被罢免。令弹劾者沮丧的是，辽东还真缺不了李家军：李成梁赋闲的十年，八易辽帅而边患愈危。不得已，万历皇帝只得重新启用时年已然七十六岁的老李将军。

作为史上著名的政治家，张居正知道，很多时候是非黑白并没有太大的意义，有些事情不能说破，有些丑陋必须隐忍。

就像有些大鱼必须潜入水底，有些东西，原本就不该暴露于天日之下。

因为李成梁，我似乎读懂了五镇与五岳的宿命。

镇与岳，两个字所承载的内容截然不同。

"镇"，《说文解字》的解释是："博压也，从金真声。"

至于"岳"，甲骨文的造字本义是"在山脉的群峰中独立、高大的主峰"；《说文解字》的释义则为："王者之所以巡狩所至；古文从山，象高形。"

两相对比，很明显，虽然都是山的一种，但"镇"与"岳"，某种程度上其实是一对反义词：如以用力方向形容，"镇"沉沉向下，"岳"却昂首挺拔。

古人还有这样一种说法：万物分阴阳，"五岳"属阳，为"天"的代表，象征帝国的仁德和尊严；"五镇"属阴，是"地"的标志，象征皇权的疆域与统治。

棋分黑白两色，祭坛上的神山也有明暗两种。毫无疑问，相比"王者之所以巡狩所至"、象征着太平的"岳"，"镇"势必要附加更多的阴谋与杀戮。辽东多关帝庙，不妨借来一喻：所谓"岳山"，已是舞台上斩妖除魔的青龙偃月刀，华丽而庄重；而"镇山"，则仍是当初关羽冲锋陷阵时的砍刀枪矛，粗陋而血污。

如果以人来比喻，戚继光属于高高奉起、万世敬仰的"岳"，李成梁却是深深钉入污泥深处的"镇"。

所以戚继光被用来修筑万众瞩目的长城，以守住帝国最后的底线；李成梁则野狼般巡守关外，以野蛮压制野蛮，以血腥威慑血腥。

一出大戏，外行看的只是热闹，帝国的当家人才清楚两把刀的真正分量。而东方的智慧早已告诉了他们，究竟该如何正确使用这两把刀。

"鱼不可脱于渊，国之利器不可以示人。"（《老子·第三十六章》）

医巫闾山山脚，有一座巨大的石锁，为辽人所凿，以锁此山风水不外泄。

清入关之后，作为龙兴之地，封锢东北，严禁汉人出关垦殖。

这两则史料与镇山不一定存在联系，但毕竟都将医巫闾山纳入了封藏的范围。这令我再次意识到，对于镇山，皇家隆重祭拜的同时，好像始终有意识地疏远着其与民间的联系——

戚继光不妨隆重表彰，李成梁却得谨慎宣传。

当然，如果从实用主义的角度看，五镇影响的消隐，我以为还有着另一种更接近本质的原因。

如前所述，最初设置镇山，出发点便是为了以中央皇权的力量，压制一脉水土。重镇所在，都是多事之地。舜禹时代，至少闾、沂、会稽三山事实上已经接近了华夏区域的边缘。沂山以东近海，会稽以南为蛮荒的百越，医巫闾山以北，也已是原始森林。之后，随着中华文化圈扩张，昔日的边陲，逐渐被融入腹心，成为汉家膏腴之地——会稽山融于江南，沂山融于齐鲁，吴山融于关中，霍山融于华北——所谓的"镇"也就失去了原来的意义，沦为祭余的刍狗。

然而，唯有北镇，直到明清，以中原人视之，依然属于孤悬关外的异镇。

东南西三镇已黯然隐入历史的阴影。今天的北镇庙已是世间唯一保存完整的大型镇山庙。

由此记起了此地流传的一个古老故事。当初秦始皇曾用赶山鞭驱使医巫闾山，欲令其前往关中，但即便被抽打得满山血痕，医巫闾山竟岿然不动。虽然无法考究这个传说始传于何时，但至少不会晚于辽金，当时的一个诗人蔡珪，便曾为此赋诗："祖龙力驱不肯去，至今鞭血余殷红。"

传说可以理解为历史的隐喻：相比其他四镇，北镇与中原政权之间有着某种更深、更加难以调和的隔阂。

医巫闾山一带，森林密布，水草丰茂，野生动物繁多，自古便生存有众多狩猎、游牧民族。山戎、东胡、匈奴、乌桓、鲜卑、奚、契丹、蒙古等族先后在此活动。而这些民族,无一不被以农耕文化为主的汉民族视为大敌。

如此一个现实,多年以来总被很多人有意无意地忽视:从北镇立庙开始,直到清人入关,医巫闾山一带的实际控制权,究竟在汉人手中居多,还是在胡人手中居多?

统计的结果只能是令汉人汗颜。这足以说明中原王朝经营关外的不易,也更能让人理解张居正对于李成梁的百般纵容。

关外多难,明王朝对于医巫闾山的祭拜容易理解;医巫闾山是契丹族最重要的活动以及休养生息之地,他们对医巫闾山的感情自是理所当然;但清人既已入主中原,天下一统,这群来自白山黑水的统治者为何也学着前朝,毕恭毕敬地跪倒在之前镇压他们的山脚之下?

抑或,这就是一种历史的惯性,一种潜意识里对"北"深入骨髓的畏惧:

对于中原王朝,历朝历代,兴盛或许有很多机缘,衰亡却往往有类似的轨迹;插入他们胸膛最深的尖刀,最有可能来自北方。

东南西北,四大方位,最不祥的便是北方。

行走在医巫闾山时,我还能发现许多清帝留下的遗迹。

比如山路两侧，便有甚多人工开凿的方形孔槽，据说是清帝登山时插旗杆所用；风光胜处，照例能找到乾隆的摩崖品题。

这一脉巍峨大山，我匆匆而来，不可能一日看尽。我甚至无暇探寻散布山中的诸多如佛像、墓葬之类的辽代遗迹，而只能循着寻常游客的途径走马观花。与我所见过的其他名山相比，医巫闾山给我最深的印象是筋骨毕露。我说的筋骨，指的是闾山的山石。初看之下，医巫闾山松柏奇石，有几分类似黄山；但它的石块更加巨大，斜插崖壁所成天然石棚，尽可容下数百人，上流飞瀑，蔚为奇观；寻常者也重叠垒砌，不求奇巧秀丽，却也颇具粗犷之美。

医巫闾山景区的至高点名为白云关，一座四面绝壁的高台，已是闾山绝顶，登台举目，千里一望，好不快哉。

白云关上，我向东北遥望，我知道几百里外，有十几幢仿照帐篷而建的宫殿，那是努尔哈赤的议事厅；再转向西南，也是几百里外，便是号称"天下第一关"的山海关。

从起事到入关，努尔哈赤的族人只用了二十六年。

究竟该如何评价明亡清兴？我想起了史家陈寅恪的一段话："取塞外野蛮精悍之血，注入中华文化颓废之躯，旧染既除，新机重启，扩大恢张，遂能别创空前之世局。"

我因此记起了萨尔浒之战。这场李成梁死后第四年发生的、明清战争史上具有转折性意义的战役，十万明军号称四十七万，兵分四路进剿努尔哈赤，努尔哈赤采取"凭你几路来，我只一路去"的战略，六万八旗兵以寡敌众大获全胜，明军从此元气不复，李成梁的老家铁岭也遭到血洗。

努尔哈赤识字不多，自称行军打仗最重要的教材只是一部《三国演义》；明朝诸将则个个熟读兵书韬略。这一战，是否可以理解为"塞外野蛮精悍之血"对"中华文化颓废之躯"狠狠的一次冲撞？

我还想到东三省其实是一个相对独立的地理区域。黑龙江、乌苏里江、松花江、大小兴安岭、长白山，这几条大山大江如同绳索重重捆扎，限定了西、北、东三个方向的发展；南方，唯有南方才是与华北中原最直接的通道。

——虽然还有长城隔绝，但从历史角度来看，只要能越过医巫闾山，山海关訇然洞开便只是时间问题了。

我又想起了康熙皇帝。在祭拜北镇之后的一次圣谕中，他提出"泰山山脉自长白山来"的观点，将长白山、闾山、泰山三者联系在一起，试图以这几座山脉为依托，将自己的部族真正融入华夏，以铸成愈发强壮的东方龙脉。

白云关上,我思绪杂乱。最终,我再一次想起了医巫闾山的名称。实际上,假如真的来自胡语音译,翻译者本可以打磨得更光滑、更接近汉语的,比如"无虑山";或者干脆保留多一些原貌,宁可粗糙一些:"沃黎""沃连""沃黎傲连""于微闾山"都是曾经的选择。

然而,典籍收录者最终选择了既不光滑也不粗糙的"医巫闾"三字。

究竟只是巧合,还是一片苦心——

《说文解字》:"闾,里门也。"

不计满汉。以中华全局的观念看北镇,这座胡族语言中的大山既是文明的边缘,又是蛮荒的起点;既是腹地中的边疆,又是边疆中的腹地。

难道我脚下的山脉,本质是一道隐形的门?或南或北,不同朝向的开启,这扇门有不同的景观:可以是文明,也可以是蛮荒;可以是边疆,也可以是腹地;而帝国的命运,也在这一开一合中被书写。

——难道这才是北镇的真相?

然而这么多大江大山孕育的充沛元气总要发泄,又有哪道门、哪堵墙能锁住一条血气方刚的巨龙?

医巫闾山绝顶,我四方环顾,对照地图,顺着绵延的山脊,在首尾两端努力想象着千里之外的长白山与泰山。

松风呼啸。恍惚间,我感觉脚底的山石隐隐起伏,像是悄然有了呼吸。

一池洪荒

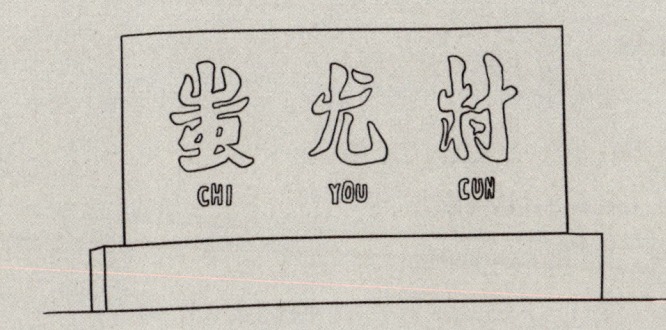

山西·运城

自古以来,不建关庙、不演关戏。

原王庄人对关公的态度,着实令我有些诧异。

有华人处几乎都有关庙。当然,我知道也有极少数特例。至少在河南浚县的白马坡,以及江苏丹阳的古镇吕城,关公就是最大的忌讳。

它们有足够的理由与关公划清界限:白马坡上葬着被其斩杀的颜良,筑吕城的则是将其擒杀的吕蒙——但原王庄,却是在关公的故乡,古称解州的山西运城。

原王庄并不是拒绝关公的唯一乡党。运城市区东南的十五公里处,还有一个古村,对关公的排斥甚至有过之而无不及。除了明朝万历年间一度被朝廷改为"从善",数千年来,那个村世世代代被称作"蚩尤村"。

而原王庄,据说也是谐音。真正的名称,应该是"冤枉庄"。

蚩尤与冤枉。因为这两个村名,那池水在我眼中,愈发显现出了一种地老天荒般的苍凉。

我看到的这片面积足有一百三十平方公里的巨大水域,其实是生命的禁地。

这是一汪彻底死去的水,里面绝对找不出一条鱼——事实上,没有任何生物能够在这座湖里生存。

因为湖水中盐的比重,比海水还要高上六倍。

这是一座进入世界排名前三的盐湖。在中国的古籍上,因为所在地解州,它通常被称为"解池"。

不过,在当地民间,这座盐湖还有一个别名——"蚩尤血"。

故老相传,当初,黄帝便是在这里诛杀了蚩尤,并肢解了他的尸体——这也是解州得名的由来。蚩尤血流入地,化作了这一池卤水。

当然,我知道这只是神话。但我并无意细究解池的地质来历。对于这座盐湖,相比因,我更关注它结的果。

因为我已经发现了解池的位置极其特殊:

从地图上看,黄河流域最著名的新石器文化发掘地,河南仰韶与陕西半坡,正好以解池为中心形成三角形——这个三角形的左右支角,还可以延伸到洛阳与长安,这两座中国历史上最著名的古都。

除了黄帝战蚩尤,在民间传说中,运城一带还是盘古开天地时的站立之处,也是女娲造人的地方。而很多专家认为,典籍所记载的上古都城,比如尧都平阳,舜都蒲坂,禹都安邑,也全都围绕着解池而建。

无论神话还是考古,一部中华史,最初的线索,几乎全部指向这池盐水。

一个伟大的族群,居然发源于舌尖上那点咸味。

虽然看起来很荒诞,但很可能这才是真相:

黄帝与蚩尤的战争,最根本的起因,或许便是争夺盐。

其实还可以更逼进一步:正因为有了盐,才有可能出现黄帝与蚩尤。

启发我这样思考的,是20世纪90年代"世纪曙猿"的考古发现。这种世界上已知的最早的具有高等灵长类动物特征的猿类化石,把类人猿出现的时间向前推进了一千万年,从而动摇了"人类起源于非洲"的经典论断。而化石的发现地山西垣曲,与解池同属运城地区,两者相距只有一百来公里。

也就是说,整个东亚大陆,甚至还有可能是全世界,第一个真正意义上的人,就诞生在解池边上。

以牛羊喜欢舔舐盐砖来比喻或许并不恰当,但盐池边的猿群无疑会比森林或者草原上的同类更为健壮——在此角度上,可以说,是盐促进了人类的进化。

同样是一顶用盐制成的王冠,为黄帝加上了"中华始祖"的冕。

"解县附近有著名的解县盐池,成为古代中国中原各部族共同争夺的一个目标。因此，占到盐池的，便表示他有各部族共同领袖之资格。"

这是钱穆先生在《中国文化史导论》中的一段论述。以史学大家的严谨，他为我们揭开了神话背后的真相。作为古代华北最大最重要的产盐基地，即所谓"九分天下盐"，谁能控制解池，就能控制中原，进而掌握天下。

而当整个东亚文明的起源被追溯到这座盐湖时，一个民族的性格，抑或说宿命，也就被悄然注定。

遍观世界，人类的早期文明，如古埃及、古巴比伦、古希腊、古印度，大部分都靠近海洋，至少都在陆地的边缘——这也从侧面佐证了盐的重要性。而因为解池，华夏文明却独独产生于大陆深处。在原始人有限的地理知识里，从盐池出发，山外有山，原外有原，任何一个方向都是黄土地，无边无垠，无穷无尽，越走越寂寥，越走越萧条。这种没有边界的荒芜感，令"天下之中"的概念逐渐成为共识，一种自豪自信，而又自大自闭的文化性格也因此根深蒂固。在之后的数千年间，既为中华民族的抟成提供了足够的向心力，也为海洋时代到来时的悲剧埋下了伏笔。

以色列人出埃及时，摩西用"奶与蜜之地"来诱导族人前进——

奶与蜜的甘甜，与盐的咸苦，在起点处，东西方的道路就岔了开来。

解池北岸，有座全国唯一以盐池池神为祭祀对象的庙。

虽然因为战火，我所见到的建筑规模只有原来的一半，但这座始建于8世纪后期的池神庙，还是极为壮观。

我没有走正门，而是从西北方向的"乾门"进庙，穿过一个小院——据说当年阎锡山与冯玉祥曾在此密谋倒蒋，便到了池神庙的主殿。

那其实是气势恢宏的三座大殿，"灵庆公"，也就是池神——这个封号是当年下令建庙的唐代宗所封——居中，左右各是风神与太阳神。每一座都是重檐九脊歇山顶，面阔入深各三间，明柱二十根，规格完全一样。三殿比肩而立，两两交叉，并列尊位。这样的格局，在讲究等级尊卑的中国古代庙宇建筑中极为罕见。

可以看出，建庙者为体现三者平起平坐费尽了心思。显然他们谁都不敢得罪。

我知道阳光在制盐中的作用。暴晒能够令咸水迅速蒸发，从而析出其中的盐分。但当地人告诉我，对于池盐，风同样重要。

而且必须是南风。他们说，舜帝那首著名的《南风歌》，便是在盐池边上写的，庙里现在还有一块"舜弹琴处"的古碑。

"南风之薰兮，可以解吾民之愠兮；南风之时兮，可以阜吾民之财兮。"

当年，一定是满池白花花的盐堆把舜老爷欢喜坏了，才写了这么一首喜气洋洋的诗——我被告知，解池有别于其他盐湖的特殊之处在于，每年夏秋之交，只要刮起南风，一天一夜之间，就会结出满湖的盐花，故而有"南风一吹，隔宿成盐"的俗谚。而且这种盐的品质非常好，与四川的姜、湖南的桂一起，被《吕氏春秋》列为最顶级的调料。

因为舜帝留下的这首诗，在中华文化中，"南风"成了极具温情的一种意象，经常被用来比喻帝王对百姓的体恤与关怀。坐北朝南之所以成为中国传统建筑最基本的一条风水原则，很大程度就是以此象征敞开大门迎接南风，从而承受天地的温煦。

然而，据我所知，在这盐池湖畔，就有一处村落已打破了这条铁律，祖上留下来的老房子，几乎全部都是坐南朝北。

还是那座"蚩尤村"。传说中,蚩尤的遗骸就埋在那里。

池神庙三殿并尊连同蚩尤村独特的民居朝向,都有合理的科学解释。

解池所在的运城一带,夏季是华北最炎热的地区之一,光照资源非常丰富,年降水量约为520毫米,蒸发量却高达2300毫米。而盐池南面正对中条山,夏季从太平洋上来的季风,由于中条山谷地的狭管效应,风力被数倍加强,据气象资料,最高风速可达14.6米/秒,古人形容为"发屋拔木,几欲动地",穿过湖面时,可以迅速吹散晒卤水时产生的水蒸气,从而加快盐晶体析出。

蚩尤村,只是正当峡谷风口,南风实在太过猛烈,只能逆转门窗躲避罢了。

不过,相比这种教科书式的解释,我却更愿意接受另一套逻辑。

在我的想象里,蚩尤村人大概想以这种集体背转的决绝姿态,来表达这个失败族群的倨傲与不屈。

因为我知道,在被黄帝肢解的数千年后,蚩尤又遭到了一次镇压。

而正是因为这次对蚩尤的成功剿杀,令关羽真正走上了神坛。

每年农历四月初八,运城家家户户都会在门口插上皂角树叶——唯独蚩尤村,插的却是槐树叶。

奇怪的风俗背后,是一个"关公战蚩尤"的民间传说。这个看似荒诞的故事,在运城至少已经流传了几百年。

传说两军对垒,蚩尤在自己的蚩尤村安营,关公则在今天的原王庄扎寨。关公远道而来,率兵不多,就趁附近夏收的农民中午歇晌之际,将其生魂摄去充当神兵。交战时蚩尤重施与黄帝争天下时的故伎,吞云吐雾,搞得天昏地暗。为免误伤自家人,蚩尤的兵头上都插了槐叶,而关公一方在浓雾中难辨敌我,首战失利。战后关公侦知其情,即令将士头插皂角叶,并下令,但凡头上树叶打蔫的,都是敌兵,尽可斩杀——因为槐叶一晒即蔫而皂角叶却可以保持长时间鲜活。蚩尤兵不明真相,混战中见人人头上都有树叶,不敢动手,因而大败。

——只是那些被关公摄魂参战的农民,却因烈日暴晒而肉身腐坏,再也无法还魂,只能含冤而死。冤枉庄名因此而来。只是后人嫌其名不雅,才改成了原王庄。但名可换,怨却不可解,他们从此与蚩尤村人一起,再也不敬关公。

虽然这个传说充满了朴素的乡野趣味，但却不是运城人凭空杜撰。很多文人笔记和地方志书中都能找到类似的记载——甚至包括被视为《水浒传》蓝本的著名的《大宋宣和遗事》。而更确凿的证据是，关公见诸正史的官方敕封，也是从传说这一役发生的北宋崇宁年间起，开始变得迅速而密集的：

比如崇宁元年的"忠惠公"，次年的"崇宁真君"，六年后的"武安王"，再十五年后的"义勇武安王。"

或许会令很多人难以置信，关公去世后的九百余年间，他给民众的印象主要还是一员万人难敌的勇将，虽然也有一些零星祭祀，但最多不过是城隍一级的区域小神。直到隋唐，才因为佛教将其列为护法而有了一些全国性的影响，但还是屡屡遭受贬黜，宋太祖赵匡胤视察供奉历代名将的武庙时，还因其"功业有瑕"而将他剔除出庙。

而"武安王"的封号，不仅意味着关羽高调重回武庙，而且已经在古往今来所有的武将中脱颖而出——武庙的主神是姜太公，他的封号也只是"武成王"。

青龙刀缓缓挑起。一位新的武神，呼之欲出。

而这位新晋大神最有力的推手，竟然还是那池盐。

池神庙所在，本就是一处临湖的高岗，岗头上又建了一座极高大的海光楼作为山门。凭楼远眺,百里盐湖尽收眼底。

远远望去,湖水看起来不像很深,很多地方显露出了泛着霜白的泥底。泥凹处涵着一汪汪的湖水,方方正正,就像是垄畦纵横的农田。

这其实就是一块大田,只不过耕作的是盐。

解池池盐的生产,最初全靠天然结晶,直接从湖里捞取。东汉以来,开始使用"垦畦浇晒法",即垦地为畦,将池水引入畦中,人工晒盐,改变了过去完全依赖自然力的情况;唐朝之后,又发明了在卤水中搭配淡水,不仅使咸淡得均,提高了盐的质量,还加快了成盐速度,只需五六天就可晒制成盐。

由汉而唐,由唐而宋,无论长安、洛阳还是开封,从天子到百官,帝国最尊贵的舌尖,都对这种被南风召唤来的味道越来越迷恋。忽然有一天,疾驰的驿马,将一份带着盐霜的告急文书,送上了宋徽宗的龙案。

——解池出状况了!

关于这次帝国盐库的危机,各种记载并不相同。有的说是河东突遭亢旱,解池干涸;也有的说是整座盐湖被妖气笼罩,人畜若有不小心陷入者,不仅会迷路,还要遭受怪兽啃啮。总之，那年的南风季，解池居然颗粒无收。

徽宗不敢怠慢，立即派出钦差大臣前往解池调查。也不知用了什么手段，钦差很快查明了状况，回报说原来是蚩尤之灵不忿朝廷尊崇黄帝，故而作祟。徽宗遂礼请龙虎山的张天师下山平妖。

说来也奇怪，张天师一通折腾后，解池居然重新出盐了。徽宗大喜，论功行赏，天师却说，功劳并不在他，因为他请了外援。

蜀将关羽，才是这回破蚩尤的主帅。

剥去神话的表象，张天师之所以选择关羽，往往被解释为出于籍贯的考量。毕竟，捍守一方，本土神祇自然是最合适的守护者。关羽毕竟是解州自古以来战力最强的武将，让他来扈卫故乡，再也合适不过。

但因为这座盐湖，我有了另外一种理解。

数千年来，运城其实一直名不副实。

虽然从汉代便被叫作司盐城，但直到元末，才正式修筑了城池，并因"盐运"而定名为"运城"。

但是，早在唐代，这里便有了城墙。

确切地说，应该是池墙。差不多与建池神庙同时，围绕着盐池，朝廷修筑了一道简易的矮墙，名曰"壕篱"。

入宋之后,在此基础上将这道壕篱完善为"拦马短墙"。明代又进行了两次大型扩建,使这堵墙的规模达到了高6.6米,厚4.8米,全长58公里。并为其配套了包括一条马道、一道深壕、三座禁门、六十间巡逻铺舍的全套军事设施。

这项持续了一千多年的浩大工程终于宣告完工。整座盐湖,被严严实实地封禁起来。

海光楼上,我在盐湖边缘努力寻找着这堵墙的残迹。我知道这是国内唯一的盐业禁墙——唯一性只是因为解池的面积在帝国工程能力范围内,他们其实恨不得连海都用墙圈禁起来。

盐就是原罪。能够提供咸味的土壤,在任何时代,都会被帝国严密监视。

我读过金元人王恽途径解州时写下的一首诗,最后两句是:"老癃扶杖欣相告,五十年来未省尝。"他写的是当地父老在得到朝廷赐盐后的喜悦心情,却无意中道破了这样一个吊诡的现象:

近水楼台不见月。守着一座百里盐湖,解州百姓居然还将能吃到盐视为生平一大幸事,甚至夸张为"五十年来未省尝"!

我还想起唐朝发布过的两条措辞严厉的禁令,被紧急叫停的是两项民间发明。除了传统的用盐碱地的泥土煎盐，人们又发现，将一种名为水柏柴的灌木烧成灰，竟也能煎出盐来：有人做过试验，每烧一石灰，可以得盐十二斤二两。

毫无疑问，这些土法制造的粗盐，相比池盐海盐，口味势必差上许多，不过是略有咸涩罢了。但即便如此，还是遭到了朝廷的禁止。

区区百里之地，解池歉收，却能震动朝野，绝不仅仅是舌尖的依赖。

在统治者眼里，调味，其实只是盐第二位的属性。

解池东西长，南北窄，四周高，中间低，从空中看，像极了一枚元宝——

进入阶级社会后，作为不可或缺的民生物资，统治者很快就发现了盐所蕴含的巨大经济价值。

从西汉起，盐利就已经被列为帝国最重要的一项财源，之后的历代王朝也几乎都对食盐课以重税。到了唐朝，盐税收入就已经占到了全国赋税总额的五成，所谓"天下之利，盐赋居半。宫闱服御、军饷、百官俸禄，皆仰给焉"。故而安史之乱时，朝廷宁可放弃河北八镇，也要派出最精锐的军队死守解池所在的河东。

盐事实上已然成为国家战略物资。自从管仲首创食盐专卖以来，政府就一直没有放松过对盐的掌控，几乎所有王朝，都垄断了盐业的生产与销售。任何一种对盐的非官方开发，都被视为犯罪，予以严厉制裁。

政治清明时，盐税在百姓承受能力之内，食盐专营，确实为一条富国良策；但一旦朝政败坏，盐价便会暴涨。比如唐朝天宝年间，盐每斗不过十钱，可安史之乱后，竟然涨到了每斗一百一十钱。而历朝历代，治世少乱世多，清官少贪官多，百姓的购盐压力可想而知。

人总归离不开盐。从被圈起来的那天开始，中国人的盐就有了公私之分——所有突破了官府管控、在民间秘密销售的无税盐，都被称为"私盐"。

民间传说中，桃园结义前，关羽亡命江湖，便是因为贩私盐时杀了官差。

还有为关公扛大刀的周仓。在今天运城平陆县有一道长达二十公里的深沟，隔着中条山与解池相望，名为"周仓沟"，因为当地相传，这条沟就是当年周仓从解池偷了私盐，回程遇到追兵，情急之下用挑盐的扁担划的。

几乎所有的王朝都竭尽全力制止盐的流失，对私盐贩子的惩罚简直相当于当代的贩卖军火。比如唐贞元年间，盗卖解池盐，轻则脊杖，重则流放，数量达到一石，便处死。贩卖过程中雇佣的挑夫、运载的车船、联系买家的牙郎，甚至提供住宿的旅馆主人，全部论罪连坐。其他朝代也大同小异。

这绝不是一追一逃的猫鼠游戏。盐的走私与稽查，造成的影响远远要比一般人想象的大很多。甚至可以说，因为公私两方持续数千年的角力，盐成了贯穿整部中国史的一条隐线。

壕篱的修筑与池神庙的建立，正式确立了盐的官方权威。盐书写的东方传奇进入了下半部，从此开始，中国历史上几乎所有大王朝兴亡的背后，都隐约有了盐的影子。尤其是唐与元，更是直接为此垮台。

唐亡，最先发难的王仙芝与黄巢，都是著名的盐枭；五代很多风云人物，朱瑄、王建、徐温、钟传、钱镠等，也是贩私盐出身，后来都割据一方，甚至好几个还建国立号。有观点认为，晚唐贫弱直至不可救药，直接原因就是最重要的盐产地全部被藩镇掌握，截留了盐利。元末情形与此类似。比如张士诚与方国珍，依旧是私盐贩子首先竖起反旗。最终胜出的朱元璋，军费一大部分，也来自于盐。

为了对抗官府的缉捕，这些不被承认的商人往往结伙而行，甚至手持刀械千百为群——他们事实上已经用盐为自己纳过投名状，集结起了一支转战天涯的亡命军队。

唐元如此，处在其间的宋和金可想而知。事实上，相比唐末五代，宋金时期破坏盐禁的情况更为严重。更有意思的是，金人还用私盐向宋发起过经济战。

北宋灭亡后，解池被金国夺取。而逃到南方的中原人吃惯了解池的湖盐，很不适应海水晒的淮盐。金人便乘机派人往南宋走私，低价销售解盐，狠狠地赚了一笔银两。

明清之后，盐继续在帝国运转中起着重大的作用。这两个朝代，盐商都能呼风唤雨，盐业衙门更是第一贪腐重镇。尤其是清中期以来，一方面，盐以加速度腐蚀帝国，而另一方面，帝国的老年斑却越来越离不开盐的腌制：近代每一张和外国人签下的屈辱条约，赔款动辄天文数字，最重要的抵押物之一，便是盐利。

除了难以估量的经济价值，盐本身的自然功能，也被极致发挥。直到第二次国内革命时期，蒋介石还对井冈山实施过史上最残酷的盐禁，试图以破坏人体酸碱度来瓦解红军的战斗力。

可载舟亦可覆舟的，不仅是水，更是盐。无论浮力还是风浪，含盐的海水都比内陆的淡水大得多。

正是基于对盐的这种认识，再联系关羽、周仓也曾经贩过私盐的传说，令我觉得张天师对他的推举，连同朝廷的封赏，都甚是意味深长。

我猜测，这其中不无招安之意。

抑或说，他们希望对某种洪荒力量进行分化与利用。

到运城后我才知道，在中国历史上，被推崇为最顶级的盐，居然是红色的。池神庙的兴建，直接原因就是那年池中生成了大量红盐，而且色如丹砂，品相前所未有的好。

——解池为蚩尤血所化的传说，也是因为上等卤水色红如血。

关公也是一张标志性的红脸。

这种红的联想，令我记起，关羽最初受人祭祀的地方是在其遇害的荆州。而荆州百姓祭拜他，首先是为了销解其被斩杀的怨气，免得为祸地方。与其说吉神，更像是厉鬼。《北梦琐言》载，甚至到晚唐咸通年间，还"坊巷讹传关三郎鬼兵入城，家家恐悚"。

与蚩尤血一样，关羽脸上的红色最初也不是吉兆。本质上，他们都因为壮烈的死亡而被后人小心翼翼安抚——他们是冤枉庄资格最老、脾气最坏的先民。但这座盐湖，却令我意识到，某种意义上，人们膜拜的，或许并不是两位心有不甘的失败者,而是一种极其强大的力量。

在山西,解州的"解"字读音如"害",说是因为蚩尤曾经在此作恶。但黄帝蚩尤其实本无善恶之分,只是生存法则决定他们只能留下一个——他们的名号有可能是根据胜败而定的吗,会不会因为倒下才被贬作蚩尤呢?

蚩尤的被杀与关羽的降生都是注定的。作为整块大陆最早开化的地方,人类的初始密码与先天元气都存储在解池当中——"山西出将"的赞誉不过是这种终极能量的余风所及。盐是直接的载体,而蚩尤与关羽则是造物者的暗喻,在生死涅槃中传承着来自远古的雄浑力量。

我又想起了血。在中医理论中,血属阴而主静,就像隐河潜伏于脉管,必须要有足够的气来推动,才能循行全身发挥濡养温煦之功——而无论是烈性还是忠义,关羽最为人所称道的便是一腔浩然正气。

"气全则神旺,血盛则形强。"从蚩尤血到关公气,用数千年时间,一个古老的部族终于理顺了自己的丹田。

而那一抹红色,也随着盐分子悄然渗入所有华人血脉,从狞厉变成了欢腾,从悲壮变成了喜庆,直至成了最能象征中国的颜色。

宋徽宗之后,关公的造神运动如同滚雪球般,速度越来越快,级别越来越高。

金、南宋、元,所有的王朝都不断为关公加封,到了明万历年间,关公的爵位已是:"三界伏魔大帝神威远镇天尊关圣帝君",天上天下,横刀立马。旧武神姜子牙早已被他拉下祭坛。

明清之后,关公已经确立与孔夫子平起平坐的武圣人地位,几乎成为全民偶像。朝廷打仗拜他,百姓做生意也拜他;祈雨拜他,求晴也拜他;祛病消灾拜他,驱邪捉鬼拜他,男女相思拜他,儿女不孝拜他;官府拜他,黑帮也拜他。

——甚至连开青楼的也希望能从关公身上借点金漆。他们供奉的保护神是一位极为雄壮的神祇,长髯伟貌,跨马执刀,与关公唯一的区别只是眉白眼赤,故被称为"白眉神"。他们毕竟不敢真正亵渎关公。

同样来自解州。真正的盐被禁墙圈起,关公却变成了敞开供应的盐。每家每户,每餐每顿,每口锅里多多少少都得加上一撮。

如今关庙早已遍布天下,甚至连孔子的文庙都不能与之相比。而作为关羽故乡所在,运城关帝庙顺理成章成为关公信仰的祖庙。

除了这座全世界规模最大、等级最高的关庙,运城西南的常平村还有海内外唯一的关公家庙。对于关公的崇拜者,这两处是至高无上的圣地。除了日常鼎盛的香火祭献,每逢年节还会举行隆重的庙会。

但还是避不开盐:运城关帝庙与常平关帝家庙,都建在解池边上——从出生,到出走,到以大神的身份荣归,关公只不过绕着盐湖走了一圈。

康熙手书的"义炳乾坤",乾隆手书的"神勇",咸丰手书的"万世人极"——穿行在这一块块金光闪耀的巨匾下时,我经常会下意识地朝着盐湖的方向张望,想象着某个月夜,那座湖上走来一位肩挑箩筐的少年。他面色赭红,下巴刚长出短短的胡茬。

只是这个想象很快发生了游离。一只不明来路的猿出现在了盐湖边上。它显然刚喝了一口咸水,不停地龇牙咧嘴。

但片刻之后,这只猿突然安静了下来。

它的脸上,露出了某种类似于在思考的奇怪表情。

梁皇忏

江苏·南京

据说堕入地狱的人，苦楚一刻不得停歇。每一昼夜，死而复生，生而再死，至少要经历一万回酷刑，如此熬过亿万斯劫，直至罪业赎尽方得解脱。不过，经书上也说，有一种慈悲，可以稍稍缓解罪人们的无间痛苦。

钟声。僧侣们相信，经过佛法加持的钟声能够传达到最底层的地狱。每当人间寺庙的钟声响起，地狱中的所有刑具都会暂停运转，就连沸腾的油锅也会在这一瞬间清凉如水。

梁武帝萧衍，因此特下诏令，天下寺院定时击钟，并舒缓其声。这也是中国寺院晨钟暮鼓之始。"南朝四百八十寺"，悠长的钟声，每日如无数朵金黄的涟漪绽开，重重叠叠荡漾着，以最温情的形式，向天上地下宣告着江南的安详。

山路一拐，一截城墙没有任何征兆地出现在了我的眼前。

说实话，对过于密集的古迹，我向来心存敬畏；像南京这样，闭着眼在地图上随手点去都有一段沉重历史的古都，尤其使我压力巨大。

好比识字有限的人进图书馆，只敢偷瞄几本最薄的册子一样，我的首次南京之行，只选了一个小小的景点，鸡鸣寺。

这个有趣的寺名是朱元璋取的,用的是南齐武帝萧赜不分昼夜游猎,拂晓在此处听到鸡啼的典故。寺庙屡毁屡修,延续到今。其来历似乎很寻常,但再倒溯上去,它曾经的显赫却不由得令人肃然:它的前身,原来就是大名鼎鼎的同泰寺——"南朝四百八十寺"之首的同泰寺。

鸡鸣寺坐落在玄武湖边的鸡笼山上。鸡笼山说是一座山,其实仅高一百来米,充其量不过是个小土丘,而且山形平凡,无奇峰秀崖,只是浑圆——因此得名鸡笼;然而在这矮矮的鸡笼山上,我却一度迷了路。我早就看到了那座"古鸡鸣寺"的石牌坊,但顺着平缓的坡道走了半个小时后,才从一位晨练的老者那里得知,我走了冤枉路,寺庙就在山脚。

宝刹居然不在高处,这座南朝第一寺,近在眼前还给我设置了最后一道障碍。

围着鸡笼山绕了一圈后,我终于看到了黄墙灰瓦。与寺庙后门同时出现的,还有一截古城墙。

"由此向东至解放门的墙体,俗称'台城'。"嵌在墙上的石碑篆有这么一段文字。"台城",六朝时帝国的核心,皇宫与台省——中央机关——的所在,就这样不期然地与我相遇了，尽管我也知道这段城墙是明朝重修的。

墙砖斑驳，残破处长了几簇灌木，枯黄如柴；毕竟还没出正月，春意未浓。站在墙头，迎着带有玄武湖湿润气息的冷风，我很自然地想起了这座多灾多难的台城所遭受的最早的一次大浩劫。

也是一个春天，在一千四百六十年前。

石头城上竖起了一座巨大的舂碓。不过，被舂成齑粉的，并不是粮食，而是一个个排成长队的活人。

舂碓旁边，摆放着一把同样巨大的铡刀，被按在铡床上的，同样是一个个排成长队的活人——按规矩，必须得倒着铡，从脚跟开始，一寸寸往上，直到头颅。

钟声被舂铡得支离破碎，地狱悍然出现于人间。地狱的魔王，便是背魏南投、现在重又叛乱的羯人侯景。而此刻，侯景的弯刀，距离帝国的心脏，已间不容发。

石头城，梁都建康的最后一道防线。此城一陷，帝国再无退路，只剩下了皇帝与大臣据守的皇宫内城，即所谓的台城。

公元548年十月二十四日，一个南方潮湿而阴冷的冬夜，完成包围的侯军，对台城发起了第一轮攻击。

这一年，距离萧衍代齐即位，整整四十七年。

"五十年中,江表无事。"(庾信《哀江南赋》)

近半个世纪积累的元气,挥霍起来,居然经不起几阵风一场雪。

江南的春天如时来临。然而,那个春天,唯一的绿色却只在瞳孔里。

围城内外的人们眼中都射着可怕的绿光。

一百三十多天的围城,令攻守双方都精疲力竭。粮草竭了,起先还能杀军马,接着是蛇鼠麻雀,再是草根树皮,很快连皮甲弩带都被煮吃得干干净净,有人开始啃起了同类的尸体。

三月十二日,凄厉的胡笳撕裂了腥臭的黎明,台城终于再也抵挡不住,西北角的防线轰然坍塌。叛军开始亢奋地嚎叫,无数架云梯架上了缺口的城楼。

台城守将永安侯萧确浑身是血,跌撞着闯入内宫,连声哀号"台城失守"。

萧衍还没有起床。这时,帝国名义上的主人还是这位八十六岁的老翁。

没有任何动静,这令萧确有些意外。正当他犹豫着要不要再说一遍,帷帐中传来了缓缓的一句:"还能打吗?"语气冷漠,听不出丝毫慌乱,却带着难以掩饰的疲惫与厌倦。

"没法再打了。"

又沉默了良久,萧衍长叹一声:"自我得之,自我失之,亦复何恨!"

他仍旧躺着,一动不动。

萧衍完全想象得到此刻外面的情况,想象得到他的子民,那些早已四肢浮肿、只吊着半口浊气的子民,遇到侯景兽军将会遭受怎样的折磨。他告诉自己,这都是命,该来的终究要来,谁也躲不过。

真的"亦复何恨"吗?萧衍忽然想起了什么,支撑着起身,在几个宫人搀扶下慢慢踱到后门,遥望着对面山间的一座塔。

虽然塔身还搭着架子,但巍峨的气势已经能显示出来了,若不是侯景作乱,这座世间少有的壮观佛塔,在今年的浴佛节之前应该就能完工;可如今却是永远的遗憾了。

萧衍黯然低头,脚下的石阶还有半级在水中浸泡着——为攻下台城,侯景几乎用遍了兵书上所有的办法,甚至还用玄武湖水灌过城。看着水中自己憔悴而龙钟的倒影,萧衍倍感凄凉,不由得垂目观心,双手合十轻声诵道:

"我佛慈悲。"

据《资治通鉴》记载,那座"将成,值侯景乱而止"

的"十二层浮屠"当初就建在鸡鸣寺——昔日的同泰寺故址。

下了台城,买了门票,手持随票发给的三支长香,我平生第一次从后门进入了一座寺庙。

倒游也有个好处,一般庙观总是前低后高,此处也不例外;所以,登上长阶来到后殿外的平台,整个寺院就尽在眼底了。

也许是时间尚早,树木掩映下的飞檐斗拱显得有些寂寥,不时有几声慵懒的鸟叫。眺望着实际上并不算很宏大的庙宇,我很难想象,这玲珑的山头当时竟能挤得下那么多人。

豪华的寺庙实际上是皇宫的一部分:两座性质截然不同的建筑,却有一道门互通。通过这道门,萧衍频繁转换着自己的身份。他经常在此大开法会,并屡屡亲自登坛讲经。撰写《南齐书》的萧子显详细记录了其中一次的盛况:"舆驾出大通门,幸同泰寺发讲,设道俗无遮大会。万骑龙趋,千乘雷动;天乐九成,梵音四合;雷震填填,尘雾连天……如百川之赴巨海,类众星之仰日月。自皇太子王侯以下……讲肆所班,供帐所设,三十一万九千六百四十二人。"

与其他君主崇佛很大程度上为了收拾人心加强统治不同，萧衍的信仰出于至诚。他连登基之日都选了四月初八浴佛节，即位第三年便由儒转向了释，下诏"唯佛一道，是于正道"，正式宣布佛教为国教。他曾受菩萨戒，自称"三宝奴"，数十年严格持戒。每日只用一餐，过午即不食，"永绝腥膻""豆羹粝食而已"；不饮酒，不听音声，早晚都做礼拜；不好女色，五十岁后干脆断绝了房室。如此苦行，哪里像个九五之尊的帝王？

与自虐似的修行相反，萧衍对弘扬佛法却敢于倾全国之力，毫不吝啬，广建佛寺、大造佛像，每次布施的钱绢金银等财物价值都在千万以上；最令人难以置信的是，他在晚年，居然四次舍身同泰寺，将皇位视如敝屣。

所谓舍身，是指将个人所有的一切：资财，还有肉体，全部都舍给寺院，服侍僧众，执役洒扫。萧衍的舍身，并不像是作秀，态度很坚决。毅然脱下龙袍换上法衣，任凭众臣百般劝说也不愿回宫，每次都是最后实在无奈，加之同泰寺僧人又收下了数以亿计的巨额赎身款，才不得不惆怅地还驾；临行不甘心，还两次致书寺僧，表达身不由己的苦衷，书中竟不顾帝王尊严用了"顿首"一词。

抚着栏杆，滑腻腻的青石触手冰凉；我努力在眼前殿堂的基础上怀想着这座萧衍"穷竭帑藏"而起的佛寺。

从前，这里"宝塔天飞、神龛地涌"，有"大佛阁七层"，有十方金银佛像，萧衍"自大通（梁武帝年号）以后无年不幸"……

梵唱喃喃，香烟袅袅。莲座之上，萧衍身披袈裟结跏趺坐，眉宇慈祥，头顶似乎隐隐有一轮光圈。

"当——"悠长的钟声把我拉回现实，可能新来了一批香客。

钟声回荡之际，萧衍会不会记起一个人，范缜，那个多年前的故交，后来的臣僚呢？

也许，每当回忆起那个瘦削而羸弱的身影，萧衍心头便会涌上无限的怜悯。

他应该不会怀疑，地狱最底层的无数游魂中，就有范缜。

当年，也是在这座山上，范缜的一席话，令年轻的萧衍生生地打了个寒战。他感到随着范缜口舌开合，有阵阴风从身边刮过，某种东西正在急剧坠落——

坠向无底的深渊。

南京作为六朝古都，诸朝皇宫都在鸡笼山之南，所以此山在当时是最豪华的皇家苑囿；能在其中圈地建别墅，只是皇族独享的特权。

萧齐时,竟陵王萧子良在鸡笼山上开了西邸。此王生性好养士,门下有包括沈约、谢朓在内的一流名士,号称"八友",时年二十出头的萧衍就是其一。萧子良也是个狂热的佛教徒,常在西邸集众开宴阐论佛理,宾主大多信仰相同,日夜切磋,倒也其乐融融。

然而有次集会,一位不起眼的来宾却发表了一套惊世骇俗的言论,如同滚油中突然被浇了一勺冰水,炸得众人目瞪口呆。

"诸位请看。"范缜站起身来,手里举着一把切肉的银刀,"神灵与肉体就好比这把刀,有刀刃才会有锋利,锋利的才称得上有刀刃——"

斜睨着萧子良满脸愕然,范缜的眸子隐约闪烁着一丝快意。他转身面朝大家,接着说:"既然不可能有离开刀刃的锋利,那怎么能说肉体死了神灵还在呢?"

所有人都倒吸了一口凉气,他们听懂了,这个浅显的比喻暗藏着凌厉的杀机:如果真的人死神灭,那么也就没有一个主体来承受因果报应轮回转世;而因果轮回正是佛教最底层的基石——范缜竟用手里的小刀,狠狠地刺向了九天十地诸佛菩萨的咽喉!

反应过来的人们狂怒了。一场针对范缜一人的激烈围攻就此拉开。但除了气急败坏的叫嚣咒骂,根本没人能动摇范缜随手拈来的比喻。

主人萧子良坐不住了,他苦思多时,骤然发问:"你不信因果,那么如何解释会有富贵贫贱的区别呢?"

大厅立刻静了下来。范缜没有马上回答,他凝视着漆几上精致的插花,神情好像变得有些哀伤。众人刚开始窃喜,他慢悠悠地开口了。

"人生就像一株树上的花儿,同时开放,随风飘落,有的坠于茵席之上,有的则落入粪坑之中。"范缜顿了顿,拈起一枝花,眼神迷离,似乎在自言自语:"坠于茵席之上的,正如殿下;落入粪坑者,正如下官。"

他沉吟片刻,一字一字道:"贵贱虽然悬殊,因果竟在何处?"

萧子良瞠目结舌无言以对,一拂大袖离席而去,盛会不欢而散。

舌战震动了朝野,士林为之喧哗。萧子良很担忧这种邪说传播开来会蛊惑人心,但又无法辩驳,于是便派出了说客。

"以你老兄的才华,何愁官至中书郎,又何苦一意孤行，违背众人的信仰，自讨身败名裂呢?"

回答是一阵大笑:"倘若我范缜肯卖论取官，恐怕早就做了尚书令一类的高官，区区中书郎岂在话下!"

言罢，范缜扭头而去，漫天飞花里，甩下一个过早佝偻的背影。

萧衍对这次失败一直耿耿于怀。即位后，他再一次将矛头对准了范缜，派遣僧俗名流六十多人，轮番上阵，舌战范缜。

结果却令萧衍大失所望。尘埃落定，胜者仍是范缜。萧衍麾下的顶尖力将，东宫舍人曹思文沮丧的哀叹很有代表性:"情思愚浅，无以折其锋锐"；范缜自己则记叙，在这场更大规模的论战中他"辩摧俗口，日服千人"。

令见惯了后世文字狱的人们意外的是，萧衍并未用皇权报复这个剽悍的异端，没有任何贬黜，甚至连他的《神灭论》都不曾加以封杀。

不知是否有意，萧衍让范缜任到病逝的官职，就是中书郎。

或许，萧衍认为，范缜毁灭的其实是他本人:他一定会为自己的执迷付出代价，冥冥中的惩罚远比尘世的酷刑可怕得多；苦海须得自渡，还是让他安然享完残余不多的阳寿，养足力气去领取该来的果报吧。

启发我如此理解萧衍缘何宽大对待范缜的，是鸡鸣寺内供奉的观音。那尊观音与其他寺庙相反，坐南而向北，殿内悬有一联：

"问菩萨为何倒坐，叹众生不肯回头。"

学着香客，我也恭恭敬敬地把手里的香插在了殿前的炉中。

"因果竟在何处？"

萧衍实在难以接受，自己的结局居然会比范缜还惨。

尽管一生落魄，范缜毕竟得以善终——侯景作乱时，范缜已经病逝三十多年了；如果说萧衍相信范缜会在身后遭受报应，而他自己，却在垂暮之年，活生生地陷入了地狱。

侯景性格残暴，喜好杀戮，杀人常先斩手足，再割舌剔鼻剖腹挖心，慢慢折磨。经过长时间的围困，城内已是横尸满路，无人埋瘗，腐臭熏天，烂汁遍地。侯景下令，将尸体垒成一堆放火焚烧。被焚烧的不限于死人，尚书外兵郎鲍正病在床上，也被拖出扔入了尸堆，可怜他在火中宛转挣扎，很久才断了气。

烈焰熊熊，魔影变幻，牛头马面狰狞咆哮，挥舞刀叉狂蹈跳梁，萧衍苦心经营数十年的庄严佛国顿时变作"千里绝烟、白骨成聚"的人间地狱。

世间最残酷的莫过于在生命的尽头，当着你的面将你毕生的心血击得粉碎。望九高龄的萧衍便承受着这样的剧痛。不过，从言行来看，他的精神并未崩溃。

城破当日，侯景就进宫去见萧衍。萧衍端坐文德殿，侯景以甲士五百人自卫，带剑升殿。接受了侯景假惺惺的行礼后，萧衍问道："你在军中很久了，有什么功劳？"侯景满身大汗不敢仰视，竟说不出话。萧衍又问："你是哪里人？为何敢到此处？"侯景还是对不上来，只好由属下代答。只有后来讲到攻城军队数量时，侯景才算镇定下来自如应对。整个过程，萧衍神色始终不变。

虽被软禁，但萧衍对侯景的各项布置，明言反对。太子哭着求他不要过于逞强，萧衍大怒，痛斥了他一顿；有次听人提起"侯丞相"，他立时发火，叱骂道："是侯景，不是什么丞相！"侍臣都被吓得面无人色。

如此种种，与史书所载"虽在蒙尘，斋戒不废"印证，萧衍的信念从来未曾有过动摇。很可能就是这种从坚定的信仰中汲取的力量，使杀人不眨眼的侯景在这位手无寸铁的衰朽老翁面前也心生畏惧，也为他颠顿昏庸的后半生，在谢幕时描上了难得的一抹亮色。

那次见面出来，侯景对人说："我平常据鞍对敌，矢刃交下，而意气安缓了无怖心。今日见了萧公，却使人自慑，岂非天威难犯——我不可再见他了。"

侯景果真没有再见过萧衍，而只是渐渐减少他的饮食；在被囚禁了五十天后，萧衍去世，临终前曾想喝点蜜水，被看守拒绝。

五十天，有足够的时间去反思一生。无疑，在那些度日如年的日日夜夜中，萧衍定在苦苦思索：为什么自己连范缜都不如，到头竟落了个现世报？

已经无法得知萧衍最终如何去理解自己的人生，但如此一个插曲，或许会令人有所启发。

最后一次舍身，也曾经使萧衍面临过类似的困惑。

天意难测，就在萧衍恋恋不舍地结束了三十七天僧侣生活回宫的当夜，同泰寺居然遭了雷劈，一座塔被烧成了焦炭。当时，他是如此向天下人解释这桩尴尬事的：道愈高魔也愈强，行善就一定会有障碍——

所以，他下诏，重修那座塔，而且要比原来高上三层。

有理由猜测，晚年的萧衍，将所有的挫折，都视作了佛祖对他的考验。失败，只缘于今生福德不足，因此压制不住魔障，所以愈发迎头猛进，生生世世继续苦修，终有一世会证成无上正等正觉，得享极乐。

如果真的存在过那场对话，如果萧衍重新反省过那段对话，他会不会还有另外一种理解呢？在鸡鸣寺里的一间小殿内，我这样想。

小殿正中，站着虬髯赤脚的达摩——传说禅宗东土初祖菩提达摩到过这里。

禅门有一桩达摩与萧衍交锋的著名公案。

"朕即位以来，造寺、写经、度僧，不可胜纪，有何功德？"

达摩答："并无功德。"

萧衍大惊："何出此言？"

"这只是人天小果有漏之因，如影随形，虽有非实。"

萧衍再问："那如何是圣人所求的第一义谛呢？"

"廓然浩荡，本无圣贤。"

连连碰壁，萧衍未免烦躁，舌锋一转，盯着达摩蓦然厉声喝道："在朕面前的到底是个什么人？"

达摩答得更绝："我也不认识。"

有学者怀疑这次会面的真实性，认为只是后世禅僧的杜撰；但不可否认，这场机锋在理论上替萧衍兴佛却遭恶报给出了一个解释。"人天小果有漏之因"云云不易解释,根据敦煌出土的《历代法宝记》与日僧最澄的《内证佛法相承血脉谱》,达摩的回答还有另一个简明版本:"此是有为之事,不是实功德。"

原来在高人看来,萧衍的苦修,只是沙上筑塔,根本看不清事物的虚幻本质,一生纠缠实相,破不了一个"我执";肉眼凡胎不识真佛,听不懂达摩的点拨,离《金刚经》所云"凡所有相,皆是虚妄"的境界隔了何止十万八千里。

几百年后,提起萧衍,不识字的六祖慧能大师斩钉截铁地下了定论:"武帝心邪,不知正法。"

长江边上,达摩随手折了根嫩绿的芦苇,抛入水中,随即踩了上去。芦苇微微一沉——流水似乎停滞了一下——又稳稳浮起。

达摩站在苇秆上,一袭旧衲在潮湿的风中鼓起;看着点点簇簇、远远近近无数座金碧辉煌的塔殿,他的凹目中有着深深的惋惜。

许久,他转过身来,满吸口气,一运力,苇秆便如箭般向北岸破浪而去。

离开达摩殿,我寻觅着找到了鸡鸣寺之旅的最后一站,一口枯井。

空洞的井口就像一个冰冷的句号,面无表情地终结了六朝。

萧衍死后的第四十年,仍是一个春天,南伐的隋兵嬉笑着从这口井中吊起了三个抱成一团、瑟瑟发抖的大活人——南朝的最后一位皇帝、陈后主陈叔宝,还有他那两位倾国倾城的妃子。据说在拉扯美人时,脂粉擦在井栏上,留下了抹拭不掉的痕迹,因此,这口井得了个香艳的名号:胭脂井。

与萧衍苦行僧似的生活相反,陈叔宝的帝王生涯过得异常精彩。他也大兴土木,但不是供佛,而是自己享用:以沉檀木建起高达数十丈的临春、结绮、望仙三阁,用金玉珠翠装饰,极尽人工之巧,与一批文人骚客在其中日夜欢会,妃嫔群集,男女杂坐,饮酒作诗听曲酣歌,好不快活。至于军国政事,自然放在一边,隋军兵临城下了,告急文书扔在床下还未拆封;事情急了干脆找口枯井,往里一躲听天由命。

被俘入隋后,他好像并没有多大的悲痛,反而向朝廷讨要一个官号,弄得隋文帝哭笑不得,讥他"全无心肝";而他那曲《玉树后庭花》更是成为头号的亡国之音,警示千年。

"花开花落不长久,落红满地归寂中。"这便是《后庭花》的最后两句。其实萧衍也有类似的文字,他所制的《梁皇忏》中开头就是"万物无常,皆当归死;天上地下,谁能留者?"甚至范缜,也作过同样伤感的《伤暮诗》《白发咏》。

坐在井边的长椅上,细细咀嚼着这些词句,我问自己:若是在萧衍、范缜、陈叔宝三人中,任你选做一个,你会选谁呢?

如果早上二十年问我这个问题,我定会不假思索地选择范缜。

每次来到寺庙,我都会想起我奶奶。她老人家是个虔诚的香客,除了初一、十五例行的祭拜敬佛,每到年终还要替儿女们张罗一种"谢年"仪式:摆一桌供品,猪头、全鹅、红鲤鱼,祭拜天地神佛,感恩兼祈福。二十多年前,我差点搅乱了一次丰盛的谢年。

"老师说了,天上是没有神仙的,你们这是迷信!"父母神情别扭,用力按着吵闹的我,不让我去掀供桌;而奶奶仿佛充耳不闻,仍旧有条不紊地进行着该有的程序,只是嘴里絮絮叨叨地念着"小孩子不懂事,求菩萨勿要见怪"。

不知从什么时候起，我渐渐开始不再反对奶奶的迷信。尤其有一次，探望一位身患绝症的年轻朋友，感受着他的巨大恐惧，自己也近乎窒息；那时，我突然联想到了奶奶谈及生死的淡定与从容，竟然心生羡慕。

谁能知道，弥留之际，萧衍、范缜，还有陈叔宝，哪一位的心态最安详呢？

无疑，范缜是个勇士；但他孤军奋战所坚守的，果真只是真理本身吗？

我翻了翻哲学史，在古代，宣扬无神论的，大半是不得意的人。比如"以烛火喻形神"，断言精神不能离开形体独立存在的桓谭，也是仕途不顺，屡遭祸患；写下《论衡》的王充，出身于"寒门细族"，"贫无所养，志不娱快"，一生沉沦下僚；而范缜，更是"少孤贫"，布衣草鞋夹在权贵子弟之间求学，才二十九岁，就"发白皤然"了。

能不能理解为，他们的坚定斗志，最初都发源于一种怨气呢？

我承认是我输了，你处华堂我在秽浊，但如此结局并不代表我比你劣上几等，而只是运气不好罢了；最重要的是，等到大限一到，你我俱归尘土，所有的区别都将一笔勾销——

属于每个人的,都只有几十年!

范缜他们用神灭论灭掉的,是所有人的前生后世,抹平坎坷,不分贵贱,让大家都光秃秃的只剩下今生。

要输也只输一生,这是不是一种同归于尽的发泄?

一树花开,范缜努力证明所有的花都要零落化泥;萧衍幻想保持优势,来春再发继续占据高枝;而陈叔宝则尽量展现花朵的美丽。

但我们其实已经没有选择,既然我们也同萧衍一样令达摩大师失望,看不空那株树那些花,我们就只能做范缜——我们脚下的大地,早已被他那柄寒光闪耀的银刀,削成了一个理性而合轨的圆球。

撇开道德与责任的因素,陈叔宝果真全无心肝吗?他是不是狡黠地看穿了生命的奥秘,从而进行一场绝望的狂欢呢?

不说古人,当死亡真正降临时,你自己有勇气面对那彻底的毁灭,去投入到无边无涯的虚空吗?

深夜里,将人唤醒,逼着他们睁开惺忪的睡眼去触摸无法逃脱的黑暗;这样的鸡鸣,又有几人敢于聆听呢?

反正,不管你愿不愿意,十四个世纪前,这座山间就啼起了响彻云霄的鸡鸣。

前年,我也在家中供起了一尊佛;而每次祭祀,更是跟着老人规规矩矩行礼。

我奶奶已经七十多岁了,目不识丁,却能流利地背诵《心经》,而且连梵文的波罗揭谛都一气呵成,顺畅之极。

由山门出了鸡鸣寺。

与寺院一墙之隔的,竟是中国科学院南京分院,一边灰瓦,一边绿瓦。

这提醒我鸡笼山同时也是历代王朝的学术中心,刘宋就在山顶设置了日观台,史学馆、文学馆和玄学馆也沿山而建;直到明朝,全国最高学府国子监仍建在山南。现在,除了中科院的古生物研究所和古生物博物馆,我还见过一块"江苏省气象科技中心"的路标,刻在一块巨石上,下面还有两行小字:"北极阁古观象台遗址""气象历史博物馆"。

一直以来,鸡笼山都在以各种形式探索着宇宙的真谛。

也许是世间还存在着一种更强悍的智慧,曾经,鸡鸣寺与中科院同样受到了暴风骤雨般的扫荡,如今,它们都重新得到了修缮,在同一座小山包上继续相邻,继续各自的寻觅。

走出寺门不远,不知从哪里出来一个老妪,拦住去路,满脸堆笑地对我说:"看你先生印堂发亮,定有贵人相助,让我替你细细算算。"

摆摆手,挣脱开来。我的未来在谁的眼里呢——不必推算太远,谁能告诉我,下一秒钟,我迈的是左脚还是右脚?

正这样想,我忽然记起了《金刚经》里那段曾令我悚然汗出的对话:

"须菩提,你说,像一条恒河里所有的沙,有与这些沙数量相等的恒河;那么,与这所有恒河中的沙数量相等的世界,能算多吗?"

"很多,世尊。"

"这么多国土上所有众生的各种心念,如来全部知道。"

我抬起头,仰望着高天;云层很厚,堆叠如铅块,一派混沌。我不禁哑然失笑,原来那一刻,我原本是下意识地想寻找一双巨眼的;转瞬间便回过神来,早在要掀翻供桌那时起,我的头顶便只剩了空荡荡的大气层。

还是天气预报测算得准,倒春寒如约来了。从西伯利亚吹来的北风看不见刀刃,但也很锋利;走在玄武湖边,我感觉冷得有些刺骨。

十万佛陀

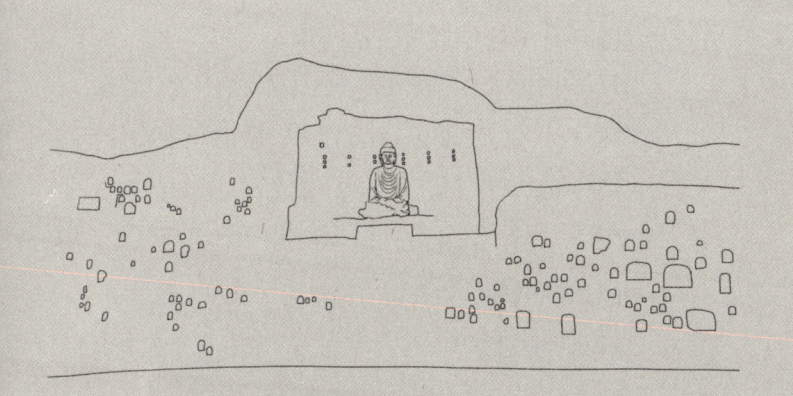

河南·洛阳

来到龙门，我突然觉得一切都慢了下来，甚至连那只贴着水面低飞的白鹭，看起来都带了些慵懒。

我莫名地想起了这个省的简称。"豫"的本意，是一头大象。

一只持重而温和的巨兽总是懒散些的，就像伊水缓慢的流速。我猜想，我原本不无急促的气息，大概就是被它带得从容起来的。

当然，这份舒缓更重要的源头，应该还是在伊水两岸。

因为我知道，至少有十万佛陀菩萨，驻跸在这段不到两公里长的山崖上。

崖壁上的石窟密如蜂巢。

千年风雨，早已将山水佛像洗成了浑然的一体，连裸露的窟龛石壁都染上了几分青润的草色。

沿着石阶曲折而上，瞻仰第一个石窟之前，我朝着东北方向眺望了许久。我知道，几十里外，就是中国佛教的祖庭白马寺，但这短短的几十里路，眼前满山满崖的佛菩萨，却足足走了四百多年。

在龙门山大规模开凿石窟，最早始于北魏太和年间。北魏，原本是个蛮荒的鲜卑族游牧部落，世代生活在大兴安岭北部一带。在东汉初年——佛教刚传入中国、白马寺初建的年代——鲜卑拓跋氏挥起马鞭,告别茫茫林海,开始了漫长的南迁。四百多年后,他们终于抵达了洛阳。

史书记载,那一天,当疲惫的骑士们终于勒住缰绳跳下马鞍时,他们的首领竟然流下了眼泪;他还吟诵了一首古诗,其中有这样的句子:"知我者,谓我心忧;不知我者,谓我何求。悠悠苍天,此何人哉!"

据考证,龙门十万佛像中,有一尊是依照那位首领的相貌开凿的,虽然已被毁去了半张脸,但还能依稀辨认他昔日的风采。

这位首领就是北魏孝文帝拓跋宏。

公元493年,一个阴雨连绵的秋日,拓跋宏的队伍抵达了洛阳。

这是一支庞大而有些杂乱的队伍。说它庞大,是步骑的数目有几十万之众;说它杂乱,是与一般军队不同,行伍中夹杂着很多或是年老,或是羸弱,明显扛不动刀枪上不了战场的人,但衣冠华丽,好像都是些有身份的大佬。而且这支队伍看起来十分狼狈,人人脸色苍白气喘吁吁不说,还满身泥污。讨厌的雨已经下了十多天,行军异常辛苦,几乎是一步一滑。

只是拓跋宏好像丝毫没有倦色,他昂首挺胸一马当先,把队伍甩下了一大截,还不时回头,高声督促着后面的人加速跟上。

他们从北魏的都城平城(今山西大同)而来,已经在路上走了一个多月;但前方的行程仍然很远,因为他们的任务是南下伐齐。

在洛阳,拓跋宏让大军就地待命,自己则冒雨巡视了荒废多年的魏晋故宫。看着倒在杂草丛中的断壁颓垣,他极为感慨,对侍臣说:"晋室不修功德,宗庙社稷倾于一旦,破败成这个样子,朕实在感到痛心啊!"说完这番话,他意犹未尽,环顾着满目荒凉,低声吟起了《诗经》中的《黍离》篇。

"彼黍离离,彼稷之苗;行迈靡靡,中心摇摇。知我者……"

不知不觉,拓跋宏已是泪流满面。

作为鲜卑的当家人,他比谁都清楚,自己的族人,能够来到洛阳,是多么的不容易,需要多大的机缘。

稍事休整,拓跋宏命令六军继续南进。雨下得很大很急,没有一点停歇的迹象,养尊处优的王公大臣们终于崩溃了,纷纷跪倒在拓跋宏马前拼命磕头,泣不成声地奏道,大伙都已精疲力竭,实在走不动了,恳请皇上开恩,罢了此次南伐吧。拓跋宏大怒，威胁道谁再阻拦便以军法处置。但耐不住众人再三哭谏，只得放松口风："此番兴师动众，规模不小。如果就这么罢手了，岂不受万世耻笑？要么——"他顿了一顿，犀利的目光从号啕不止的臣僚头顶掠过："给你们两个选择：一、就势迁都于此；二、继续南伐。众卿自己决定吧。想迁都的，站到左边；要南伐的，站到右边。"

众臣闻言，面面相觑，最终哀叹一声，从泥泞中挣起身来，迟迟疑疑地站到了左边。他们都沮丧地垂着头，没人看见拓跋宏嘴角露出了一丝狡黠的微笑。

此次南伐，原本就是一个圈套，一个拓跋宏为文武百官设下的圈套，真正打仗，是不必让如此众多的官员随行的。

拓跋宏的真正目的只有一个：迁都洛阳。他很清楚，要说服依恋旧土、习惯了塞上凉爽气候的族人南迁，难度将是极其巨大的。甚至可以说，这其实是一场他孤身一人与整个鲜卑部族的角力。偌大的北魏，几乎没人能理解他的想法，坚决反对迁都的人中甚至包括自己的接班人——太子恂。

停止行军命令一下，戈矛甲盾铿然抛落，伊洛大地上响起了响彻云霄的"万岁"声。拓跋宏长长舒了口气,现在,他终于将庞大的北魏王朝驱赶着、哄骗着、推搡着带到了洛阳。他抹了一下脸上的水,只有他自己知道,湿漉漉的,除了冰凉的雨水,还有难以抑制的激动的泪水。这一路的艰难,拓跋宏将永生难忘;他这时才发现,自己累得连马鞭都举不起来了。

他缓缓环顾着这座虽然陌生,却已无数次出现在梦里的古城。在城池的南面,透过灰暗的雨帘,他看到了龙门——那时还叫伊阙——夹着伊水的两座山,就像一对巨大的门阙。拓跋宏从书上读到过,远古时候,这里还是一片汪洋,而那两座山也连在一起;是大禹,用不可思议的神力将它从中劈开,放水浩然而去,才现出了这片峥嵘的胜景。

遥望着伊阙郁郁葱葱、伊水滚滚北流,拓跋宏突然感到眼眶一热,几乎又要坠下泪来。他暗自诧异,怎么一到洛阳,自己就变得如此多愁善感呢?

"知我者,谓我心忧;不知我者,谓我何求。悠悠苍天,此何人哉!"

迁都洛阳只是拓跋宏恢宏计划中的第一步。

他的终极目标,是率领族人全面汉化。

决定迁都之后，拓跋宏随即颁行了一系列改革鲜卑风俗的诏令。

首先是把本族鲜卑衣视为"胡服"，一律废止，改换汉人服饰；之后禁说鲜卑话；后来甚至将祖宗的姓氏也改成了汉姓，号称鲜卑族是轩辕黄帝后裔中流落到北方的一支——拓跋宏带头把姓改成了"元"。这远远不够，他还命令臣民读汉书，学礼仪，背儒典，最令人不敢相信的是，他居然把祭祀仪式也改头换面，用了汉人那套，筑圆丘祭天，掘方池祭地，抛弃本族神灵而祭起什么昊天上帝来。

站在民族自尊的角度，拓跋宏简直近于数典忘祖，连许多现代人——比如历史学家黄仁宇——也感叹他"举措奇特，为中外历史所罕见"。

举族抗议是预料中的。几乎每一道汉化诏书的发布，都会引发整个鲜卑部族的强烈抵制。然而拓跋宏的坚毅出乎所有人想象，他根本不理会有多少人反对，汉化路上遇魔杀魔遇佛杀佛，甚至不惜为此处死亲生儿子。太子恂继承了乃父的固执，坚决不迁就洛阳的气候，在迁都三年之后还要叛逃，想回到日思夜想的平城。暴怒之下拓跋宏用一杯毒酒终结了这位十五岁少年的生命。

拓跋宏将太子恂的悲剧视为大义灭亲。无论付出多大的代价、面对多大的压力，孤独的拓跋宏始终坦然。他坚信，自己所做的一切，都是为了让鲜卑族从马背上腾云而起，以真正成为神州大地的主人。

这种心态，在他吟诵《黍离》时就已经流露无遗了。

《黍离》属于《诗经》中的《王风》。平王东迁后，东周大夫经过故都镐京，见到宗庙宫室尽为禾黍，不胜悲痛，因此而作。拓跋宏吟此诗潸然泪下，明显表现出他意欲继承周人事业的决心。

西周，是中国历史上被无限拔高的黄金时代，更是中华正统的渊源。三皇五帝夏商周秦汉晋，几千年一棒一棒接力，脉络分明。而古都洛阳，正是这个粗壮脉管上的中枢，承上启下，八方汇聚。可以说，定都洛阳，便等于承续了正统。

拓跋宏认为，一个继承不了正统文明的国家是没有根基和后劲的，就像之前所谓的五胡十六国那样，只能如一阵阵狂风暴虐地刮过，扬起满天黄沙后便烟消云散，只留下一片不可收拾的狼藉。

当北魏朝野用丰盛的羊肉酪浆，在羯鼓琵琶迅疾的节奏里庆祝一统北土半分天下的皇皇伟绩时，拓跋宏独坐深宫,微皱着眉头,轻轻呷了一口手中那杯南方士人酷爱的叫"茶"的苦涩液体,同时恭恭敬敬地翻开了儒典经书。他有些生涩地在方块字间游走,如饥似渴地寻找着下一步的启示。

他的目光,已经越过黄河长江,投射到了烟雨苍茫的南方大地。他相信,终会有一天,"魏"字大纛能够飘扬在日月照耀的每一寸土地上。

他力排众议的迁都与汉化,正是为了那一天做着准备。

可是,拓跋宏以三十三岁壮年病逝后,仅历二世,三十来年,北魏就在内外交困中悲惨地解体了。宗室几乎被杀戮殆尽,族人沦为他人之奴……

就连神佛也救不了他们。在那个黑暗的分裂时代,佛教是南北朝共同的信仰。迁都的同时,就像阿育王时代,几乎在一夜之间,洛阳内外迅速涌出无数座富丽堂皇的佛寺佛塔,这也是龙门石窟开凿的缘起。但就在其中的一座寺庙,帝国最后的当家人,末代太后胡氏,被叛军像牲口一般从佛祖的莲台下揪出,拖到黄河边,一把推了下去。同时被屠戮的还有拓跋宏的孙子,年方三岁的小皇帝元钊和两千多名朝臣。

汉化不久的北魏满身血污地在洛阳停下了脚步,黯然退出了历史舞台。

龙门山上的斧凿声也随之渐渐稀疏了下来。有些佛像只完成了一个大致轮廓,就那么臃肿地倚在凹凸不平的崖壁上,悄无声息地等待着。

任何一个王朝的覆灭,都逃不开腐化的规律。的确,斗鸡走狗、花天酒地,在洛阳,他们迅速变得穷奢极欲。帐篷早就不知丢到什么地方去了,有人连马槽也要用纯银的。"帝族王侯外戚公主,擅山海之富,居川林之饶,争修园宅,互相夸竞,崇门丰室,洞户连房,飞馆生风,重楼起雾,高台芳榭,家家而筑,花林曲池,园园而有。"(《洛阳伽蓝记》)连见多识广的南朝豪贵看了都瞠目结舌;王室代表,河间王元琛,最大的遗憾是无法起晋朝首富石崇于地下,好与他比比谁更阔气。

龙门的石窟也验证着这个急剧堕落的过程。比如宾阳洞,宣武帝为父母祈福而开凿的皇家佛龛,营造时间长达二十四年,用工802366个,工程之大令千年之后的一位明代诗人都惊叹不已,留下了这样的诗句:"当时锤凿斫民脂,万金不惜穷妖奇。"而仁慈的佛菩萨身边,更是不知发生过多少工匠牛马坠崖伤亡的惨剧。有人实在看不过去——他竟然还是位僧人,就劝凿崖建寺的发烧友、太师冯熙顾惜生命，予以停工；冯熙的回答是："竣工后，人们只会看见佛像塔寺，谁还想得起摔死的人畜呢！"

很多学者认为，恰恰是拓跋宏一意孤行的汉化，加速了鲜卑的腐败，如王夫之便曾如此总结："自迁洛以来，涂饰虚伪，精悍之气销矣，朴固之风斫矣。"

不可否认，汉化在北魏不肖子孙的堕落过程中起了推波助澜的作用——中原的享乐，远非任何来自苦寒地带的游牧民族所能想象。事实上，每个强行闯入中华的异族，都会有刘姥姥进大观园的惶恐和自惭形秽。

腐化，永远的腐化，因汉化而万劫不复的腐化。但这就是潘多拉的盒子的全部吗？当我徜徉在北魏开凿的窟龛中时，感觉事情也许没有那么简单。

北魏的佛像大都身躯颀长，脸瘦颈细，面容温和，还稍微有些溜肩，袈裟多为褒衣博带式，褶纹繁复飘逸，总体给人以清秀儒雅的印象。这使我想起北魏迁都之前在山西云冈开凿的石窟造像。我没有去过云冈，但从照片上看，最著名的昙曜五窟，也就是象征孝文帝之前北魏五朝先皇的五尊如来巨像，体型健硕，肩膀齐挺，神情严峻，衣饰紧身贴体，有一种袈裟包裹不住、桀骜不驯的雄壮之美。

这就是孝文帝汉化的成果吗？汉化的实质，其实是逐步将游牧民族转化为农耕民族，而放下马鞭拿起锄头的同时必然要导致野性的流失。假如某天早上起来，惊觉出现在镜子里的自己已不再是那位筋肉暴起的腥膻大汉，而是一位大袖飘飘的白净书生，这样的成果，对于一个仍然处于兵连祸结的乱世中的王朝而言，利弊究竟该如何计算呢？

在洛阳，一双双弯弓握剑的大手渐渐低垂，粗糙的掌心渐渐脱去老茧，变得白嫩光滑，小指不知不觉挑起。昔日让敌人闻风丧胆的北魏军团，翱翔在北方的无敌雄鹰，一天天变得文质彬彬。

唯一可以告慰孝文帝的是，除了步子迈得太快太急了一些，他选择的方向并没有错。仅凭武力的确打造不了一个持久的帝国，更开创不了一个辉煌的盛世，过于暴戾的杀气必须用祥和的文明一点点销去。北魏之后，汉化明里暗里继续进行，等到基本上把整个战场的斗士都引向中原腹地，等到大家的野性一起慢慢弱化、慢慢归于理性，东方的天际终于出现了橘红的曙光。

在古阳洞——龙门开凿时间最早的一个大型石窟，我见到了孝文帝。他以释迦牟尼的形象趺坐在方台上，宽袍大袖，清瘦安详。我注意到，他残存的脸上，鼻梁圆润柔和，全然不是云冈那种方正如削的模样。

洞窟幽暗，加之损毁严重，我无法看清他的表情。

龙门山上，几十米的距离往往就能间隔好几个朝代。

古阳洞北行，隔一个简陋局促、却刻有一百四十个古方的药方洞，便是龙门规模最大的标志性洞窟，奉先寺。它由整座山体劈削而成，南北宽36米，东西进深40米。主佛卢舍那居中巍巍而坐，通高17米多，仅耳长就将近2米。

礼佛者必须攀登陡峭的百余级石阶。随着步步升高，大佛的法相在石阶尽处一级级浮起，先是发髻，再是面容，再是肩膀、胸膛……很快，我发觉自己、所有人，甚至天地山川，通通都被大佛慈悲的目光柔柔地笼罩了。

那是一张无比庄严而又亲切的脸，额头宽阔、眉目秀长，嘴角微含笑意，略作俯视态，一派雍容慈祥。

很多人认为，这尊佛像面容的原型，就是武则天。这很可能是真实的，因为建造奉先寺的经费中，就有她施助的两万贯脂粉钱。

沉寂一百来年后，龙门峡谷迎来了又一个造像高潮。据统计，龙门造像中的三分之二在唐代完成，而唐代佛像中，又有百分之八十造于唐高宗及武则天时期。

卢舍那大佛完工于公元675年十二月底。那年，武则天五十二岁，她让天下臣民称自己为"天后"。八年之后，因丈夫高宗李治去世而成为寡妇的武则天临朝称制；又过了七年，她改国号为周，君临天下，成了中国空前绝后的女皇帝。

武则天在执政的二十多年中，绝大部分时间都住在洛阳，称帝之后，更是将洛阳改名为神都，定为首都。武周时期，龙门佛事进入了鼎盛。

正如魏碑的朴拙与唐人草书的狂放，与唐代潇洒丰满的造像相比，北魏佛像虽然刚劲有力，但显得偏于紧张，而且多少有些拘谨。毕竟，一个刚刚入主中原的马背民族，还没有足够的自信舒展开自己的手脚，更多的是叹为观止的激动和小心翼翼的模仿。凭借太宗贞观之治的积累，享受着万国来朝的唐人，有充分的胸襟与胆量改造传统——女身称帝，原本就是一种对男权传统最彻底的蔑视。

同是那位黄仁宇，提及武则天时的洛阳时，用了这样有些揶揄的语句："如果这时候有人骤到洛阳，很可能被这金碧辉煌的神都所炫耀，也可能因为鸾台凤阁把一个大帝国的政府错认为一个动物园。"

"动物园"指的是武则天把吏、户、礼、兵、刑、工六部改成了天、地、春、夏、秋、冬六官，门下省更名为鸾台，中书省为凤阁。祥云缭绕、鸾凤合鸣，果真像是王母娘娘的后花园。而"金碧辉煌"，是指武则天兴建的几个手笔极大的形象工程：明堂、天堂等。史载明堂分三层，高294尺，折合为87米，相当于25层楼高；天堂更是惊人，站在五层中的第三层就可以俯瞰明堂了，里面供奉了一尊震古烁今的巨佛，据说一个小指就可以容下几十人，相形之下，卢舍那佛实在小得可怜。

在武则天由太后到皇帝的剽悍转身中，佛教是她重要的舆论手段。她的魄力无与伦比，不仅役人，甚至还敢役佛。一本偶然得到的《大云经》，令她如获至宝，因为里面提到有位最终成佛的净光天女化身女王统治万民；武则天将此经颁行天下，后来干脆声称自己本来就是临凡救民的在世佛——与此匹配，武则天为自己加的尊号离兜率天宫越来越近：由"圣母神皇"到"圣神皇帝"，到"金轮圣神皇帝"，到"越古金轮圣神皇帝"，到"慈氏越古金轮圣神皇帝"……

慈氏，指弥勒；金轮，指转轮圣王。于是，龙门新开凿的佛像中，弥勒越来越多，地位越来越高。在摩崖三佛龛，我见过一组十分罕见的排列：弥勒居中的三世佛——

正常情况下，三世佛的主尊应该是现在佛释迦牟尼。

正对着奉先寺的伊水东岸，有一块平整的巨石。传说当年寺庙竣工，武则天率领文武百官驾临龙门，就站在这块石头上，焚香擂鼓，亲自为卢舍那大佛开光。

鼓声咚咚，巨大的幔布缓缓滑落，卢舍那佛在青山绿水中赫然现身，天地间光明普照。武则天微笑着昂起头，与同样微笑着的大佛久久对视。一刹那间，她觉得我就是佛，佛就是我，自己与佛恍恍惚惚合为了一体。

她将这种美好的感觉保持了很多年。然而，随着生命终点的临近，她却悲哀地发现，这个无以名状的神秘微笑，尽管绽放在那张与自己酷似的脸上，但从来不曾真正属于自己。

整整花了四十年，武则天用石榴裙掀起的巨浪，才成功淹没了大唐。然而，当众生匍匐脚底、帝位牢不可撼时，她却悄然开始了全面的退潮。

万岁通天二年（697），即称帝后的第七年，武皇杀酷吏来俊臣，结束了恐怖政治。

圣历元年（698）三月，武皇复立被废的庐陵王李显为太子，史官将此记载为"卒复唐嗣"。

久视元年（700）十月，武皇宣布把月份往后推两月，以一月为正月，也就是恢复了夏历——十一年前，她诏令废止沿用了上千年的夏历，改行周历。

公元701年，武皇改元长安。

——长安，李唐国都，这是一次具有强烈暗示意义的改元。与之前频频改元不同，这个年号她破天荒地一连用了四年，似有再不变动之意。

长安二年（702），武皇派人为来俊臣等酷吏罗织的冤狱平反。

神龙元年（705），武皇宣布大赦天下，除了徐敬业叛乱与唐室诸王起兵的主谋，一概宽宥。

该来的终究还是来了。赦书下达后不到一个月，一天深夜，有群兵变的禁军闯入了长生殿。

"原来是你。"橐橐的靴声惊醒了卧病在床的武则天。当她看清被拥簇着的那个因畏惧而浑身颤抖的中年人时，面颊抽搐了一下，但很快恢复了平静。

李显看着帷帐中那位因未施粉黛而憔悴无比的妇人——他那已经八十二岁高龄的亲生母亲，额头渗出了豆大的冷汗。

神龙元年正月二十五日，武则天传皇位于太子李显，李唐复国。

虽然神龙宫变来得有些突然，但我以为，武则天应该对此有心理准备，甚至可以说，她一直在等待着。垂暮的武则天，变得越来越悲观，对武周的未来越来越迷茫，几乎到了绝望的边缘。

信心的消解表现于她对宗教日甚一日的敬畏。证圣元年（695）二月，武皇悄然除去了尊号中的"慈氏越古"；五年后，她再次除去"天册金轮大圣"，恢复到了最朴素的皇帝称呼。

久视元年（700）七夕，她派人到嵩山谢神，在封禅台北投了一封除罪金简，短短的铭文中，有这样的文字："乞三官九府，除武曌罪名。"

政变的前七天，她还支撑着病体，斋戒沐浴，虔诚地跪倒在了从法门寺迎来的佛骨舍利前，喃喃祷颂。

梵唱缥缈。现在人们看到的，已不再是那位豪情万丈、自许为佛的强悍天子，而只是一个诚惶诚恐的白发老妇。

伊水岸边，武则天颓然跪倒在那尊依然微笑的石像前。

武则天用自己一生的奋斗，只验证了一件事，那就是正统的不可战胜。

应该说，从一开始，武则天就没想过要与正统对抗；相反，她一直在竭力证明，自己是正统的传承者。

定国号为周，生硬地将武姓攀上几千年前的西周；用周历；迁都东周故都洛阳；修明堂——这个轩辕黄帝创建、周公之后堕废千年，建成者寥寥无几，连唐太宗都未能成功的儒家圣殿……

可是整个继承正统的过程，却一步一难，无时无刻不遭遇阻力。甚至很多时候，最强烈的反对者竟然来自自己的阵营。比如肱股大臣裴炎、刘祎之，武则天将他们视作心腹，但关键时刻他们的话却是那么刺耳。

"只要还政太子，叛贼自然会不讨而散。"徐敬业扬州起兵反武，宰相裴炎满脸诚恳。

"太后何必临朝称制？不如还政皇帝，以安天下之心。"武则天紧锣密鼓筹备称帝之时，宰相刘祎之忧心忡忡，有天不觉脱口而出。

忘恩负义的臣僚可以诛杀，但武则天能拿老天怎么办？

证圣元年正月十五日，风流大和尚薛怀义一时被武则天冷落，恼怒之余点燃了亲手修造的天堂。武则天正要安排救火，突然西北天际晴空霹雳，风雷大作，震得神都摇摇晃晃。一时间，火仗风势，人祸化成了天谴，神都臣民眼睁睁看着天堂与明堂化为一片灰烬。好不容易重新建起明堂，又是一阵狂风，将宝顶压制九龙的金凤吹折坠地。

长安三年（703），武则天刚从长安回到洛阳，便遭遇了百年难见的雪灾。雪一下就是三个多月，冻死人畜无数，锦绣神都几乎成了一座死城。

是老天也发怒了吗？病榻之上的武则天一遍遍恐惧地问自己。最终，她不得不面对多年来一直在回避的现实：这一切只是因为自己的性别触犯了正统的底线；而触犯正统底线的任何人，都将受到严厉的惩罚。

她把最后的年号定为神龙。或许，在她昏花的眼里，与自己纠缠一生的正统终于现出了本相，一条见首不见尾的巨龙，张牙舞爪夭矫九天，谁也无法驾驭。回想起夸父追日般的一生，虚弱的武则天不禁涩涩苦笑，真似做了一个荒唐的梦。

神龙元年十月，被软禁三百多天的武则天病逝于洛阳上阳宫。遗制云：去帝号，称则天大圣皇后，以李家媳妇身份归葬乾陵。

去帝号是有先见之明的。后世史书，如《资治通鉴》，提及武则天时一律称为"武后"或"太后"，绝不给一个称呼皇帝的"上"或者"帝"字。

龙门也以自己的形式对武则天作出了评判。

那个弥勒居中的摩崖三佛龛，其实并没有完工。龛中原有七尊佛像,除本尊之外,其余六尊有的只雕出了身躯尚未磨光,有的才凿出石胎。武则天退位后,此窟辍工,后世也无人继续,就这么荒废了一千多年。

花雨散尽,一切都回到了原点。

粗糙潦草的弥勒紧闭着双眼。

在龙门前,我为拓跋宏与武则天嘘唏不已。如果说,对同一个源自西周的中原正统,拓跋宏的汉化是自觉的皈依,那么武则天的称帝,则近似于蛮横的绑架。但无论是皈依还是绑架,单以个人事业而论,在洛阳,他们都不得不低下了头。

我又想起了典籍中对河南简称"豫"的解释,如《晋书·地理志》云:"豫者舒也,言禀中和之气,性理安舒也。"中和,是否意味着对过于剽悍的外力的化解呢?正如拓跋宏倡议迁都时说的,平城只是用武之地,不能进行文治,洛阳自古就偏重于对文化的熔铸。这种城市性格与关中的咸阳长安比较更能说明问题。历史上,一般建都关中的大朝代,如秦汉隋唐,多是开拓和张扬的;而定鼎洛阳则多是内敛稳重的。以东汉为例,武功明显不如西汉,连送上门要求内属的西域都婉言谢绝,而其在经学等学术方面的成就却后来居上——顺带提一句,在武周一朝诸多可圈可点的政绩中,军事明显不如太宗高宗时期,近代史家岑仲勉曾严厉地指责她"突厥横行于北地,吐蕃跳梁于西陲,对外族侵凌,全乏对策"。

能够这样比喻吗:咸阳或长安是坚硬锐利的,而洛阳是柔韧宽容的。但是,就是这种柔韧与宽容,却一次又一次不动声色地接纳了拓跋宏或是武则天,不动声色地承受着他们所带来的剧烈冲击,同时不动声色地对他们进行着难露痕迹的改造,最后不动声色地将他们一步步引到自己延续千年的轨道上来。

这条轨道就是令武则天束手无策的正统底线。柔韧不等于软弱,几千年文化层层积累而成的轨道,其实是坚不可摧的,它绝难被扭曲、被堵塞、被捆绑,甚至连佛祖也无能为力。相反,连他们自身,也得暂时抛下唯我独尊的倨傲,慢慢学会去适应这条东方的轨道。

在莲花洞,主尊释迦牟尼身侧,陪侍着阿难和迦叶。迦叶手持锡杖,是一副赶脚苦行僧的形象。这令我回顾了佛教传入中国的漫长历程。佛说步步生莲,佛教从白马驮经开始,一路跋涉,由西向东,在大漠戈壁上绽开了朵朵莲花:龟兹、高昌、敦煌、炳灵寺、麦积山、云冈……洛阳。而这一路上,佛像的凹目渐渐填平,高鼻渐渐缩减,卷发渐渐平直，裸体渐渐遮掩。以观音为例，那位原本留着胡须、阳刚雄健的男菩萨，到了龙门万佛洞，已化身为一位发髻高束、体态婀娜、神情妩媚的中华贵妇。

佛教西来还有另一条道路，经过的是远离中原的西藏。人们很容易辨别藏系佛像，除了装饰极尽奢华，他们的面容有很多并不和蔼可亲，甚至连观音都有一种马头形象，狰狞威猛。而龙门常见的柳枝净瓶，在那里也往往被换成了降魔杵。

"若以色见我，以音声求我，是人行邪道，不能见如来。"

在龙门大桥上，我俯视着伊水。水流依旧波澜不惊，江面平滑如缎，而那只白鹭已经不知去向。

我努力在水中寻觅着龙门山的倒影，还有山上那十万尊佛像。我有个荒谬的念头，幻想着可能会在倒影中看到佛祖菩萨们曾经显化过的面貌，或是武则天，或是拓跋宏，或是西域胡人，或是印度老者。自然，我只看到了几个小小的漩涡，盘旋着穿过大禹一斧斧凿开的龙门峡谷。

"一切有为法，如梦幻泡影，如雾又如电，当作如是观。"

过了峡谷，汇合洛水，前面很快就是黄河了——

千年万年，如一条巨龙般蜿蜒的黄河。

御码头

浙江·杭州

水漫金山。

镇江金山寺，当我在一个晦暗的岩窟里看到趺坐的法海石像时，忽然因为这个烂熟的传说而读懂了脚下的大地。

回头再看那条引领我前来、横穿长江的古老河流，正值黄昏，原本混浊的河水，在夕阳照射下呈现出类似金属的质地；漩涌浪叠之时粼光隐现，竟像是某种鳞甲类巨兽在泥泞深处艰难翻身。

顷刻之间，我的心绪转为悲凉，竟也像是故事里的金山，一寸寸被冷水浸没。

这一回合的行走，缘起于对一个词语的深入探访。

"江南"，一个被引用得极为频繁的词语，以至于几乎所有人都能因此而瞬间产生如杏花、荷塘、画舫、雨巷之类潮湿而柔软的联想。但当局者迷，身在江南，我却感觉越来越看不清江南。甚至，这样一个念头如野草般疯长，令我越来越不安：小桥流水、才子佳人仅是江南的皮相，温婉精致之下，江南应该有着另外一幅不为人知的骨架。我告诉自己，必须剥离所有如苔藓般紧密贴合的溢美抑或成见，以一个局外人的视角，重新审视这片被反复阐释的水土。

然而，又有哪张地图能够精准地标注出江南的经纬度——

正如镜花水月不可捉摸，"江南"也是一个概念极为模糊、难以准确定性的词语，即便只是它所指称的范围，千百年来也从未有过统一。

既然因水而生，那么不妨循水而觅。最终，我选择了一条河流，一条无论民间口语还是官方文件，都被冠以"江南"之名的著名河流——

江南运河。

循着运河缓慢而沉着的水流，我将穿越整个江南最私密的腹地。

拱宸桥。

这座东西向、始建于明末、重修于康熙年间的三孔石拱桥，在杭州城内有着特殊的地位。不仅因为桥高（16米）与桥长（98米）位居所有古桥之首，更因为它的标志性意义。

桥砖已显斑驳，石缝处时见杂草荆棘，这座高陡而消瘦的老桥，便是全长1797公里的京杭大运河的终点。

宸者，北极星所在，帝王之居也。拱者，揖也。桥拱如团团抱拳。数千里外，一座石桥以其所能表达出的最谦逊姿态，收纳了一段漫长的航程，也将一条河渠对于皇城的驯服贯穿首尾。

这座名称带有强烈政治意味的古桥,便是我此行的第一站,顺着它拱揖的方向,我将溯流而上。

终点同时也是起点:从拱宸桥开始,直至北入长江,这八百余里水路,便是京杭大运河最南端的一段,"江南运河。"

从拱宸桥上俯瞰运河,依旧繁忙。

下午三点,我粗略统计了一下,十分钟内,总共有七艘铁驳船通过唯一开放的那侧桥洞。四艘南下,三艘北上。吃水很深,船舷高出水面不过数尺。都是仰敞的船舱,有些盖有篷布,从裸露的几艘看,货物是些巨大的矿石。

桥的两侧设了游船码头,提供运河一日游的业务。游览目的地是塘栖,150元一个人,七小时一个来回,每日一班,凑足十人开船。

塘栖是距离杭州市中心二十公里的一个古镇。从杭州到塘栖这一段运河航路,其实相当经典,当年丰子恺便是常客,并有过精彩的记叙:

"但我常常坐客船,走运河,在塘栖过夜,走它两三天……傍晚到达塘栖,我就上岸去吃酒了。塘栖是一个镇,其特色是家家门前建着凉棚,不怕天雨。有一句话,叫做'塘栖镇上落雨,淋勿着'。'淋'与'轮'发音相似,所以凡事轮不着,就说'塘栖镇上落雨'……坐船逢雨天,在别处是不快的,在塘栖却别有趣味。因为岸上淋勿着,绝不妨碍你上岸。况且有一种诗趣,使你想起古人的佳句……古人赞美江南,不是信口乱道,却是亲身体会才说出来的。江南佳丽地,塘栖水乡是代表之一。"

将近百年后,我所看到的塘栖,虽说没有昔日"石桥三十六爿半、弄堂七十二条半"的盛况,但古风尚在;尤其是京杭运河全线唯一的七孔石拱桥广济桥的北侧,长街沿水比肩而开,屋檐彼此勾连,还能印证丰子恺转引的那句老话:"塘栖镇上落雨,淋勿着";而镇上商铺,"汇昌""鼎昌""翁长春""广泰丰",百年老号频频可见,依然笑脸迎客。

北宋之前,塘栖只是一个小小的渔村;光绪《唐栖志》:"迨元以后,河开矣,桥筑矣,市聚矣";到了明代弘治年间,已然是江南重镇,杭州的水上门户。

拱宸桥、塘栖。之后是嘉兴、湖州、宜兴、无锡、苏州……

春雨、鱼虾、船桨、腐泥。一路上,我嗅到了越来越浓烈的、水乡所特有的腥气。我相信,这应该便是江南最纯正的气息。但很快我也发现,自己陷入了一座河道如蛛网般凌乱、满眼都是"渚、浦、浔、渡、塘、埠、埭、堰",地名不是带水便是带土的迷宫,导向明确的运河,成了我走出迷宫的唯一线团。而在行走过程中,运河给我带来的感慨也越来越深,我已经毫不怀疑,如同它对塘栖脱胎换骨般的点化,对江南文化性格的最终形成,这条人工开凿的河流,必然起到了至关重要的影响——

事实上,它改变的不仅只是江南,甚至是一个古老国度的根本气运。

坦白说,这一路上,我的思绪其实经常会突破自我限定,往往不自觉地将视角往北投射,直至投射到整条京杭大运河。

天倾西北、地陷东南,百川自古东流;以蝼蚁般的人力,居然能妙手回天,如习武之人打通任督二脉,将海河、黄河、淮河、长江、钱塘五大水系串编成五支扇骨,在帝国最丰腴的胸腹之地,撑出一把锦绣折扇,面朝大海,四季花开。

我不想过多重复唐宋以来,经济中心移向东南后,京杭运河对于每个建都于北方的王朝,不亚于生命线一般的意义;也不想站在塘栖的角度,过多感谢运河所带来的机遇与繁荣。更多的时候,我为设计者选择杭州作为最南端的终点而赞叹不已。

作为天才工程师的同时，他定然也是个第一流的艺术家：用秀甲天下的杭州西湖做个玲珑剔透的扇坠，那柄由运河撑起的东南折扇愈发神完气足；而假如掉转视线，把运河看作一幅数千里的长卷，那么西湖又成了一枚画龙点睛的印章。

…………

各种思绪纷至沓来。面对如此伟大的人类奇迹，没有谁能够始终保持冷静。

然而，这一切美好而热烈的想象戛然终止于江南运河最北端的一座城市。

江苏镇江，始发于杭州的航船将在它的城北驶入长江。这标志着八百里江南运河走完了全程，同时，也意味着我已经来到了江南的边缘。

如同河闸重重放下，在镇江，我胸中原本汹涌的激流也很快平复了下来。

目送与长江十字交叉之后的运河蜿蜒北去，我探寻的重点，重新回到了江南。

河过闸口人走渡头。

镇江城西北的西津渡，江南最著名的古渡口，早在三国时期，便已是横渡长江最重要的船码头，改变了中华人口格局的"永嘉南渡"，起码半数以上的北方流民在这里登岸。

待渡亭下，屋舍栉比，车水马龙。

一百五十年前，这里还是一片汪洋；如果加以定位，我漫不经心的脚印甚至有可能与当年那位击楫中流的祖逖重叠。

对于一条蜿蜒数千公里的大河而言，人间的数百年不过只是浪头一卷。它任何一次轻微的转侧吞吐，在两岸居民眼中，便已是一轮真正意义上的沧海桑田。

明清以来，由于江滩淤涨，长江河道逐渐北移，原本紧邻江水的西津渡如今距离长江南岸已有三百多米。

这样明显的变化更加令我感觉到江南的复杂性：数千年来，它的边界其实一直在不断摇摆伸缩，就像荷叶上的水珠一般捉摸不定。但与此同时，我也为之暗暗欣喜，因为我知道了，江南始终都在有力地呼吸。

"骑驴上金山。"西津渡斜对面，便是著名的金山寺。金山原本是长江中的一座小岛，也是因为河岸北移，在道光年间连通了陆地。

就是在这座原本屹立江心的古刹中，我见到了法海。

金山寺关于法海的介绍，猛然令我心中由拱宸桥、塘栖一路积累起来，关于江南运河的温情顷刻间烟消云散。

这尊面容严肃的石像提醒我，我所经过的八百里水路并不像眼见的那般祥和；秀丽的风光之下，实际上是一个古老而残酷的战场。

交战的双方，来自帝国剑拔弩张的两个方位；它们的积怨之深，正如法海与白娘子，几千年来，明里暗里，争斗一刻不息。

法海与白娘子的斗法，完全可以视为历史关于这场战争的民间隐喻。

白娘子来自西湖，烟水迷茫的江南；而根据金山寺史料，法海禅师，即裴头陀，乃唐朝名相裴休之子，故乡在河南，正宗的中原。

这一人一蛇，其实可以分别理解为两种性格悬殊的文化，或者说，代表着两个截然相反的方位。

加入地域背景之后，一场原本单纯的私人恩怨便有了更深层次的意义；尤其是在镇江，这种意义更是被滚滚东流的长江无限放大。

如果说塘栖是杭州的门户，那么，有"长江锁钥"之称的镇江，无疑便是整个江南乃至东南的门户。

镇江,自古就是南北政权交战的最前沿与必争之地,学者顾祖禹对此有过总结:"自孙吴以来,东南有事,必以京口为襟要;京口之防或疏,建业(南京)之危立至。"

"京口"是镇江的古名。事实上,镇江是北宋之后才改的名,在此之前,除了"京口"与"润州",使用最长久的名称其实应该是"丹徒"。而其得名的由来,可以远溯到秦朝。

秦始皇三十七年,观天象者奏报,云今镇江一带有天子气;始皇即遣赭衣囚徒三千,前往该处劈山削岭,以断其龙脉,该地遂更名为丹徒。

若将法海蛮横的出手视作一次针对以白娘子为象征的江南力量的镇压,那么,这股来自北方的防范与压制,至少已经存在了两千多年。

白娘子永镇雷峰塔。

尘埃落定,潮退寺出。那场山与水的终极较量,最终以一座从天而降的宝塔宣告了胜负。

镇江金山寺,西湖雷峰塔——只是巧合吗,一条名为"江南"的河,首尾两端都被镇以来自北方的沉重法器?

关于白娘子的结局,江浙民间还有另一个版本。多年以后,或是小青练得一身武艺归来,或是白娘子与许仙的儿子长大成人；总之，在白娘子一方凌厉的复仇行动中，法海一败涂地，最终只能躲入螃蟹腹内苟延残喘。

雷峰塔轰然坍塌。腥风大作，江水深处，悄然卷起无数漩涡。

"大江东去，群山西来。"与一般寺庙坐北朝南不同，金山寺山门向西迎着江水而开。狂涛嘶叫，梵唱低沉，这针锋相对的一山一水至今还在日夜激战，伴随着一声声磨平了宫角的暮鼓晨钟。

金山寺塔上，我遥望着长江对岸。当年，就在我所在的位置，梁红玉擂响战鼓，为夫君韩世忠助威，将气势汹汹的金兀术赶回了北方。

不过我也清楚，数千年南北抗衡史中，南方的胜利其实凤毛麟角；百万雄师过大江，才是这块土地更主流的结局。

历朝历代，任何一次面对北方的失守都意味着一场浩劫。我不由得想起了南京。尽管运河并未流经南京，但这座城市完全可以视为江南的政治象征——起码在字面上，它有足够的资格与北方的京城平起平坐。

每次经过南京，我都会仔细寻找着这座城市的疤痕。谁都知道，这是一座以苦难闻名于世的古都，每个角落都封存着剧痛；我甚至想象，只要伏下身，把耳朵贴到地面，就能够听到来自地狱的惨叫。

残碑、断壁、万人坑。见得多了，不免有些窒息，虽是阳光高照，却总觉得阴气袭袭。当我走在被夷为平地的明故宫时，终于又冒出了那个疑问："金陵王气，莫非只是一个流传几千年的谎言？"

楚威王灭越后，见卢龙山（今狮子山）一带，紫气直射北斗；威王大惊，认定此处必有王气，遂命人埋金以镇之，因此号为金陵。

"钟山龙蟠，石头虎踞，帝王之都。"（诸葛亮）

"其地有高山，有深水，有平原。此三种天工，钟毓一处，在世界中之大都市诚难觅如此佳境也。"（孙中山）

历史的轨迹却与哲人的赞叹背道而驰。"凿山断垄以泄金陵王气。"早在秦始皇时代，这座城市便已同镇江一起遭受了一次野蛮的破坏。而所谓的六朝古都，也几乎都以废墟落幕。从东吴的"一片降幡出石头"，到梁武帝饿死台城，到陈后主搂着一对宠妃躲入井中——或者还应该加上洪秀全在围城中绝望而卒，除了朱元璋以此为根基开国（短短几十年后，他的儿子便将国都迁到了北京），南京，似乎永远摆脱不了被征服的宿命，就像一条屡败屡战，始终无法蜕变成龙的老蛇。

它的每次功败垂成都要付出沉重代价：公元589年，隋军攻入建康，隋文帝杨坚随即下令，荡平城墙拆毁宫殿，将这座人口超过百万、当时世界上最大的都市犁为耕田。数百年的苦修，一夜之间便被打回了原形。

一次次重建，一次次推平。这条蟒蛇已被严密监视，任何形式的崛起都将受到严厉惩罚。几乎每个大一统的朝代，北方朝廷都会对南京刻意打压、拆分，甚至一度贬主为婢，将其降级为镇江的属县。而对其称谓，也尽量平淡化、普通化，如蒋州、归化、升州、江宁，以断绝它与传说中王气的联系。

对南京的众多命名中，侮辱得最严重的，是秦始皇命名的秣陵："秣"者，草料也，一字之易，将一座帝王都贬为养牛牧马的牲畜圈。

始皇帝的暴戾众所周知。但史籍的大量记载也证明了，数千年来，对于江南——以南京领衔的这方水土，统治者的戒备心理实际上并没有本质的改变。

东晋一朝，宰辅102人，江东士人仅占12席。

《南史》诸列传，重要官员凡728人，其中北人占506人，南方土著仅220人；仆射以上高职，非北人绝不授与。

梁武帝时撰《氏族谱》，江南诸族一概不入百家之列。

宋太祖赵匡胤于政事堂立碑，亲书"南人不得坐吾此堂"。

…………

行走于江南，我能够反复感受到这块土地所承受的屈辱和痛苦。

"越之水，重浊而洎，故其民愚疾而垢。"(《管子》)最初的歧视情有可原：因为僻处东南，这块泥泞而湿热的土地长期被以正统自居的北方朝廷目为蛮荒，生长其间的吴越先民更是被视作茹毛饮血、生吃鱼蟹的蛮族。

不过，随着东南的开化，尤其是"五胡乱华"、晋室渡江之后，江南得到了深度开发；与此同时，从关陇开始，延及中原，由于持续战乱与资源耗竭，中国的北方却日益枯槁。事实上，从唐中叶开始，南方的经济与文化都已经后来居上，整个帝国的温饱，越来越依赖于江南的稻米与丝棉。

遗憾的是，一方面，北方朝廷源源不断地通过运河汲取南方的丰厚滋养，另一方面，它依然沿袭着世代传承的高傲，依然鄙夷着、排斥着运河的另外一端。

我曾经无数次地思索北方统治者的这种矛盾心理。固然，无论帝王气脉，还是孔孟圣道，华夏文明正宗都在大江之北，如此一种顽固的自信已经积累了强大的惯性，难以轻易扭转；但我也意识到，除此之外，对于江南，北方或许从一开始便埋下了某种难以言说的忌惮。

是太湖边上的一座小山，让我有了这种猜想。

无锡梅村鸿山。我将这座并不起眼的低矮小山视为整个江南的根，因为山脚有一座三千多年的古墓，埋葬着被司马迁列为天下第一世家、吴国的开创者泰伯——无论江南的边缘再怎么伸缩变化，它的原始轮廓也不外乎春秋时的吴、楚、越三国，而其中吴建国最早。

泰伯就是后来周文王的伯父，本该是周部族的首领继承人，却千里迢迢从陕西岐山一路南下，将位置让了出来。最终，泰伯在今天无锡一带建立了吴国。

历代史官都将泰伯让位演绎成高尚的义举，但我却始终觉得泰伯与岐山的周族本部双方，在默契地合力掩饰着什么。起码，无论是逃避追杀，还是被远远流放，都比辞让更容易解释那段长达数千公里的艰苦跋涉。不过，这不是重点。关键在于，随着泰伯的定居，江南也同样拥有了所谓的正统。

但泰伯陵并不是鸿山唯一的古墓。山腰一块窄仄的土坡上，相伴长眠着两位历史上最著名的刺客：专诸和要离。他们都是纯粹的江南土著。

出手便是霸主。夫差与勾践在历史舞台上凌厉亮相之后，吴越族人如毒蛇般的血勇与坚忍，给中原诸国留下了深刻的印象，直到东汉时的班固，还对此感慨不已："吴越之君皆好勇，故其民至今好用剑，轻死易发。"

当蛰伏的正统，佐以专诸、要离这样的勇士，对于任何一个王朝都能形成致命的威胁——自从被缔造的那天起，江南就被认为蕴藏有极其危险的能量，故而每次"天子气""王气"的可疑奏报都能令整个帝国如临大敌。

江南民智的崛起，更显示出这种防范意识之于北方的必要性。至晚在北宋后期，南方籍的进士数量便超过了北方，其中又以江南为最，进入《宋史》的人物，两浙列为第一；入明之后，更是占尽上风，以至于朱元璋不得不搞出一个"南北榜"，南北分别按比例取士，以限制南方锋芒，对北方学子进行地域保护。

朱元璋是安徽凤阳人，老家离江南并不远，但他毫不掩饰自己对江南的极端厌恶，更以苛税重赋对江南加以严厉制裁："三吴赋税之重，甲于天下，一县可敌江北一大郡"；苏、松、常、嘉、湖五府税粮，竟占了全国总额的五分之一。

"天子气""王气"。难道这份过于充沛的元气,便是数千年来,江南始终无法卸下的原罪,故而必须被严厉地禁锢吗?

从镇江开始,我的江南之行,脚步越来越沉重,甚至有种彷徨于放逐之地的凄凉。而行走过程中,某种原本与此行目的并无关系的遗迹,也越来越频繁地进入了我的视线,最终竟然发觉,这或许才是解读江南最重要的物象。

御码头。

杭州,苏州,镇江,扬州。在江南的诸多古城,我都会在运河边遭遇同一个名号的景点;讲究的建一座小亭,图省事的就在岸边竖一块露天石碑,以此来铭记某次朝廷龙舟的驻跸。

秦始皇与隋炀帝的时代太过久远,这几段航道之所以被涂抹成明黄色,主要还是因为康熙与乾隆。清帝的江南情结世人皆知,康熙与乾隆,祖孙先后共计十二次的南巡,更是为举国百姓所津津乐道。而无论是朝廷的记录还是民间的野史,所有的南巡都被记叙得温情脉脉,甚至风流款款。至少,每次伴随着喜庆的锣鼓,在御码头石阶上一级一级浮起的,都会是一张慈祥的笑脸。

清朝崛起于关外，在其看来，中原齐鲁，抑或关陇江南，一例俱是彀中猎物，并无厚此薄彼的必要——历经劫波，相逢一笑，压制江南数千年的魔咒，难道终于就此霍然解开了吗？

当一再出现的御码头终于引起我的注意，并细细品读了其中的一座后，我却只能抚碑再叹一声：哀哉，江南。

塘栖也有御码头。

更确切地说，是御碑码头。当年乾隆不仅在此上岸，还留下了一块据说是目前国内已发现的最大御碑。

这块通高达5.4米的巨碑，保存并不太好，字迹已经相当模糊，可还是能看出不少如"即行纠参、从严治罪"之类口吻严厉的斥责文字。不过，后来找到拓本对照后，我才知道这是一个误会：原来乾隆在巡幸中发现，江苏官员疲玩成习、征缴不力，欠下大笔税赋；浙江却做得很好，没有任何积欠，故而予以表彰。

但同时我还发现，此碑的题款是乾隆十六年正月初二。碑文内容如若加以这样的时间背景，那么就显得相当意味深长了。

大年大节，即便是一般人家，也会将账簿暂且合起，容欠户过个安稳年，绝不会逼人太甚；堂堂一国之君，却在大年初二严厉审查整个江南的完税情况。

江南的重赋并没有随着朱明王朝的覆灭而取消，爱新觉罗氏的罗网越收越紧。康熙元年，甚至因士绅拖欠钱粮，奏销苏州、松江、常州、镇江四府进士举人监贡生员一万三千多人，断送了无数士子的前途，江南为之衣冠扫地。

——朱元璋的"南北榜"同样被清王朝继承，成为定制沿用，直至科举取消。

无论诗文中将江南夸得多么花团锦簇，最隐秘的心机其实已被一块冰冷的石碑暴露。纵使只以塘栖为例，乾隆赏赐的奖励，也远不及他所带来的灾难。

建镇以来，塘栖共经历过三次大劫。除了倭寇与"长毛"，便是乾隆四十六年的卓氏之祸。卓氏乃塘栖大族，亦是东南文坛世家，不幸因族人卓长龄一部《忆鸣诗集》罹陷文网，被指为忆念明朝，乾隆亲令开棺戮尸，三个孙子全部被斩首。经此一狱，塘栖文人皆焚书弃稿，不敢再作诗。

相比前朝，对于江南，康乾甚至更多了一重文字上的警惕。

回忆起塘栖广济桥北侧，那一大片屋檐彼此勾连的房舍，莫名想到，这样独特的江南景色当初落在康乾眼中，产生过什么样的联想？

是丰子恺反复赞叹的"塘栖镇上落雨，淋勿着"，还是一种视线被严密遮挡的恼怒：如此处心积虑隔绝天日，将自身掩藏于阴暗处，究竟意欲何为？

忽又记起，当初清军由山海关外挥师南下，各地汉人无不闻风俯首，可区区江南，却抗拒最烈；随后的剃发令，牢骚最多犟得最久的亦是江南。

"扬州十日""江阴八十一日""嘉定三屠"……流了这么多的血，怎么还是洗不出一个规规矩矩的江南？

那张保养得极好的脸上，隐隐现出了长白山的冰雪之色。

关于清帝频繁的南巡，时人便有不少劳民伤财的质疑。对此，清帝，尤其是乾隆，一再拍着胸脯标榜，他们反复下江南绝不是为了游山玩水，而是有要紧的正事。

相当程度上，他们并没有说谎。

康熙即位之初，便将"三藩、河务、漕运"三事"书而悬之宫中柱上"。

乾隆则在暮年如此总结自己的一生："予临御五十余年，凡举二大事，一曰西征，二曰南巡。"

康乾首下江南的时间点，也能从另一方面揭示南巡的性质。

公元1684年九月，三十一岁的康熙首下江南。就在上一年八月，清水师攻克台湾，明延平郡王郑克塽出降，台湾入清朝版图；而割据多年的三藩，也已经在三年前被一举平定。

此次南巡，康熙特意绕道南京，并在江宁校场举行了大规模的演武阅兵。他还亲自出马，左右开弓：右发五矢五中，左发五矢四中。

那十支箭瞄准的，不是校场的靶的，而是江南的心脏。

龙舟的摇晃一定会令康熙联想起马背上的颠簸，这其实是一次将马换成船的远征。把江南作为平定三藩、收服台湾之后的首个巡视地，清廷对于江南的猜忌可想而知。

千古不易帝王心。关于康乾巡游，相比影视剧极力渲染的风流与温情，我更愿意把他们的莅临理解为一次次不远万里的亲自镇压。

与秦始皇直接而粗暴的破坏正好相反，江南几乎所有的名胜都在最显眼处篆刻着这对祖孙夸赞山水的品题。但在某种意义上，就像雷峰塔内的诸佛菩萨，这些指点江山的大字完全可以视作某种以皇权书写的咒语——通过星罗棋布的御碑亭，满天飘洒的明黄色符箓，渐渐织成了一张足以笼罩整个江南的大网。

一座御碑亭就是一座雷峰塔。御码头源源不断输送着法海，龙舟的每一次南渡，其实都是一轮居高临下的精神征服与奴性灌输。

当龙舟成为主角，整条运河便沦落成为闪着寒光的锁链；而沿途的无数桥梁，也变形为大大小小的锁扣，随着龙舟一路南下，一路囚禁。

来自北方的重压代代叠加。在镇江西津渡（这个渡口同样也有一个御码头），我见到了一截经过考古发掘的古道剖面，由最底下的三国六朝，到唐，到宋元明，到清，不同颜色质地的路基层层累积。

"一眼看千年。"就在那一瞥之间，我分明看到了江南伤痕累累的年轮。

我好像理解了苏南一带对甜食的特别嗜好。

也理解了江浙缘何频出史学大家，甚至不惜冒着朝廷的严禁，也要犯险撰述。

还想通了中国最著名的明清小说，为何绝大部分出自江南。

我甚至隐约体会到了江南园林的真谛。

还有昆曲、书画、刺绣、焚香、品茗……

在江南最大的湖泊太湖边上,一部托名为范蠡的《养鱼经》令我大彻大悟:

"以六亩地为池,池中有九洲;鱼在池中周绕九洲无穷,自谓江湖也。"

现实的江湖太过险恶,那就自己动手,数亩地、半方塘、一抔土、几堆石,再植些花木,在围墙内为自己营造一个挡风遮雨的江湖。从此委屈的心灵有了寄放之所,悲愤得以浓缩,苦难得以敛藏,留给外人的,只是一抹淡笑。

人生已然太苦,那么为何不多加一勺糖?起码可以暂时欺骗一下味蕾。

但毕竟是夫差、勾践、专诸、要离的后人,酒醒夜阑,想起前世今生,难免血气上涌胸口发闷。那就飞花摘叶以笔为刀:性格严谨的,学孔夫子著《春秋》,将满腔愤懑倾泻笔端,将这一场冤屈细细封存,留待后人洗刷;思绪洒脱的,皮里阳秋指桑骂槐,或是上梁山,或是鉴风月,或是闹天宫——

总之眼看你起高楼,眼看你宴宾客,相信也会有一天,眼看你楼塌了。

北向深深作一揖,脸上还是一抹淡笑。

我的眼前又出现了那桥拱如抱拳、高陡而清瘦的拱宸桥。

——我们真能读懂一座桥的表情吗?

可能偏颇,可能牵强,更可能谬误。但这就是我最终理解的江南。

拱宸桥西侧南行不远,一处静谧而开阔的水湾便是杭州的御码头。据说康乾十二次南巡,十一次都是在此登的岸。

西湖的景色令这对祖孙流连忘返。如今流传的西湖十景,全部经过康熙的最后审定,并御笔亲书。

其中就有著名的"雷峰夕照"。

遍地东林

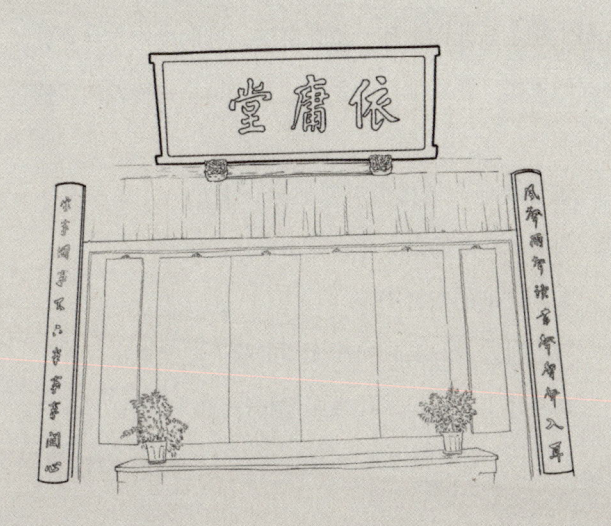

江苏·无锡

开山元帅托塔天王李三才；

天魁星及时雨大学士叶向高；

天罡星玉麒麟赵南星；

天机星智多星缪昌期；

天闲星入云龙高攀龙；

…………

这是一份出现在魏忠贤眼前的——确切地说，是文盲魏忠贤所听到的——黑名单，名单上的人有一个共同身份：东林党。

就像演义小说中的两军交战，面对这帮被冠以"东林"之名的梁山好汉，魏忠贤这边的阵营也很强大，五虎五彪十狗十孩儿四十孙，爪牙济济，有的是对东林党知根知底的干将。顺着他们的手指，魏忠贤将视线投向了遥远的南方。

难怪将他们编排成天罡地煞，老巢所在果然是个水泊；而黑风阵阵的聚义厅，原来只是一座书院。

太湖之滨的东林书院。

魏忠贤冷冷一笑，白净无须的脸上突然杀机狞现。

在东林书院门口，我突然记起什么，于是打开手机查了一下农历。2010年5月26日，庚寅年四月十三日。

正是时候。资料上说，从前，除了严寒酷暑，每个月从十四日开始，书院都要举行为期三日的讲会。这样想着，迈过不高的门槛时，耳畔似乎就响起了一记木柝声。这记木柝来自四百年前，空旷、干涩，却依然铿锵。

讲会用击柝来通知客到。伴着柝声，会有接待人员急步迎将出来，冠履整洁，满脸春风。双方见面，互相深作一揖；简单寒暄后，来客被引入偏房，在一张小桌子前坐下。桌上摊着一本厚厚的册子，已被翻得卷边发毛。无需多话，来客从笔架上取过笔来，饱蘸了浓墨，略一屏息，或用稳重的正楷，或用潇洒的行草，在一行行响亮或是生僻的人名后填上了自己的名字籍贯。

东林书院最著名的主持人顾宪成在《会约仪式》中规定，每次讲会必须设立门籍，一来是统计每人参加讲会的次数，从而考察勤惰与否；二来是留下与会人员资料，以便日后一一核对其道德事业，"作将来之法戒也"。

过了大门，来到那座"东林旧迹"的石牌坊下，我停了一停，抬头望了望天，心中默念一声："婺州郑某前来拜谒！"

天色青灰，连一朵云也没有，空落落地悬着。

穿过牌坊时，我隐约有几分骄傲。因为我知道，如果倒退四百年，能行走在这条狭窄的石径上的，都不是凡夫俗子；进入东林的每个昂然背影，都承受着无数炽热的目光，尊敬、欣慰、希冀、崇拜，甚至些许畏怯——

即使你只是身着破旧青衫的一介寒儒，没有任何官职功名。

东林书院，最早是宋代理学家杨时讲学之地，早已荒废。万历三十二年，由闲居在家的无锡人顾宪成与高攀龙等同乡好友发起，在故址重建而成。开讲之后，由于顾、高等人关注现实，而且敢于抨击朝政、訾议权贵，大批乡野志士与失意官员闻风而来，一边研习道德文章，一边讨论救国之道。书院高朋满座，影响迅速扩大，很多朝中大员也与之遥相呼应，一时间东林声名大振，逐渐形成一股影响社会舆论的政治势力，也因此被政敌扣上了"东林党"的帽子。

只是东林书院的辉煌满打满算只持续了二十二年。

图穷匕见，短兵相接。天启五年，魏忠贤发动了凶悍的攻击，按黑名单全面围剿，之后以圣旨的名义，命令将"东林、关中、江右、徽州一切书院，诸着拆毁"。

我不忍再去详叙东林君子在这场劫难中所遭受的荼毒，总之那是一场几乎全军覆没的惨烈战斗。君子小人之间的厮杀，原本往往要以君子的鲜血来清洗战场；我只想简单说说书院在那次劫难中的命运。

天启五年八月，东林书院依庸堂率先被毁。

天启六年四月，魏忠贤再下严令："苏常等处私造书院尽行拆毁，刻期回奏！"

四月二十八日，应天巡按徐吉发出十万火急票牌，责令无锡地方官吏，"即便督同地方人等立时拆毁。拆下木料，俱即估价，以凭提解，不许存留片瓦寸椽"。

在书院内祭祀孔子的中和堂里，我见到了一些出土的陶瓷碎片。从瓷片的形状看，有瓦脊、碗碟、笔筒等。数百年之后，破碎的茬口依然洁白锋利，每块都能令我想象出它们带着风声被狠狠砸向地面、四下飞溅的场景。

天启六年五月上旬，应天巡抚毛一鹭将东林书院房产变卖，用所得银两与拆下的木料，在苏州虎丘为魏忠贤建了一座生祠。

行行走走，我来到了书院西边的一座小院子里。"来复斋"，这是学者吴桂森的书斋。书院被毁后，他率领学生隐匿到无锡乡间继续讲学。崇祯即位，魏忠贤被清算，下旨恢复东林书院。吴桂森得旨悲喜交加，倾囊捐修书院，并于丽泽堂侧建起此斋。斋名出自《易经》："反复其道,七日来复。"

由于有些斑驳,我看不清如今悬挂着的匾额究竟是否为吴桂森当年亲书,但字体笔画凌厉,隐然有刀剑之气,从中不难感受落笔之时的痛快。

魏忠贤固然已是遗臭万年,然而,在这场殊死的厮杀中,却没有任何赢家。书院重建后的第十六年,大明先破于李自成,后亡于清朝,中华河山被来自长城之外的铁蹄踏得粉碎。

用顾炎武的话说,亡了天下。

异族的统治终于不可动摇之后,人们痛定思痛,重新检讨那段不堪回首的岁月,反思亡国的原因。其中有学者——如纪晓岚——竟然提出了一种乍看之下异常碍眼的观点:"明亡于东林!"

他的观点自然失于偏激,但平心而论,晚明政局不可收拾,东林的确也得承担一定责任。党争发展到不可调和,导致帝国在内斗中耗尽元气,很大程度上也是因为东林党人疾恶过甚,意气用事,睚眦必报,缺少政治家的气量,穷追猛打,绝不给对手任何改过的机会;如此为渊驱鱼,使一大批原本可善可恶的人走投无路,心一横干脆拜倒在了魏忠贤的脚下。

即便魏忠贤本人，也不是一开始就打算与东林党为敌的。他甚至还曾主动向东林党魁赵南星示好，在熹宗面前对他大加赞赏；可赵南星却极度鄙视这个居心叵测的太监头目，有次还板着脸好生对其教训了一番，惹得魏忠贤大怒，从此双方形同水火势不两立。

但君子毕竟是君子，小人毕竟是小人，与其说明亡于东林，不如说明亡于臣僚之间的争斗，用清人汪有典的话说就是："东林岂亡明者？攻东林者亡之也！"

然而，在书院内"再得草庐"里，我面对墙上悬挂的高攀龙《遗表》，心中却冒出了另一个念头：

争斗的双方，果真只是同殿为臣的君子小人吗？

天启六年二月，阉党派出了逮捕高攀龙等东林元老的缇骑。攀龙闻讯，于三月十六日清晨去书院拜谒了孔子与杨时，随即回家从容安排后事，当夜朝服朝冠自沉于后花园池中，时年六十五岁。

自尽之前，他向天启帝上了最后一封奏折，奏折的末尾写道：

"君恩未报，愿结来生。"

细细咀嚼着这八个字，我渐渐感到一股湿漉漉的凉意从后背升起——仿佛有人在水底深处咬牙切齿，却又竭力抑制着,将所有声响吞回肚里。

涟漪很快散去,腻绿的池面沉寂如初,像是什么事都没发生过。

公元1644年三月,春寒料峭。北京城门向李自成开启的那个凌晨,穷途末路的崇祯帝与高攀龙一样,也选择了自行了断。

三天以后,当崇祯的尸体在景山那棵歪脖树上被发现时,人们从他冰冷的怀中找到了一份遗诏。

"朕凉德藐躬,上干天咎,致逆贼直逼京师,皆诸臣误朕。朕死,无面目见祖宗,自去冠冕,以发覆面,任贼分裂,无伤百姓一人。"

遗诏是崇祯咬破手指写在衣襟上的。污黑的血书,每一笔都透着刻骨的怨毒,对"诸臣"的怨毒。

《明季北略》记载,崇祯在最后一次朝会时,垂着头一言不发,忽然在御案上写了十二个字:"文武官个个可杀,百姓不可杀。"

早在即位之初,崇祯便已表现出了这种对大臣极度不信任、甚至厌恶的心态。他每次批阅奏章,都令太子在身边学习,对他说,看表疏必须看破执笔大臣的立意,是以举荐人才为名市恩呢,还是借解救危难卖德,绝不能被慷慨激昂的漂亮话给骗了，那些都不过是掩饰私心的伪装。

如此心态，处置起大臣来自是绝不手软。据统计，崇祯在位十七年，换了内阁辅臣五十人，兵部尚书十四人，刑部尚书十七人；诛杀臣僚无算，包括首辅两人，总督巡抚以上大员二十二人，其中便有一腔赤诚换了个千刀万剐的袁崇焕。

君恩似海，臣节当然如山。当崇祯的遗体被抬到皇城根上的筒子河边时，只有几个和尚草草备了几根香烛，为他念经超度。那本是一条热闹的通衢要道，不断有人经过——他们都是昔日的大臣，匆匆赶去向李自成投诚的，然而几乎没有一人停下过脚步，有人骑着马来，还特意加了一鞭。

蹄声的的，崇祯晦暗的脸庞落满了尘埃；披散的乱发下，双目微睁，嘴角似乎留有一丝冷笑。

倒是李自成为崇祯出了一口气。看着近千名大小官员匍匐在自己脚下，他想起了昨夜，被他俘虏的崇祯太子面无表情说出的那句话："文武百官最无义，明天必定统统前来朝贺。"

这个陕北汉子暗暗叹了口气，随即脸色一变，命人摆出了拷打的夹棍。

我猜测，高攀龙在写下"君恩未报，愿结来生"时，心态是极其复杂的。一方面，他的确为自己再不能为朱明社稷效忠而遗憾；另一方面，内心深处，他也有着一种对君主的灰心，甚至怨恨。

且不提天启帝糊涂，放纵阉党肆虐，多年来处在旋涡中心，高攀龙比谁都清楚，造成当前这样近乎绝望的局面，最主要的根源就在皇帝身上。

某种意义上说，连东林党都是皇帝一手逼出来的。

所谓的东林党，还有与其攻讦的齐、楚、浙等党，都是在"争国本""梃击、红丸、移宫三案"等政治斗争中渐渐分流形成的。其中关系最大、纠缠最久的就是"争国本"，也可以说后面的几件案子都是它的余波。国本即太子，争国本指的是万历年间围绕皇位继承展开的争论。神宗由于偏心，准备废长立幼，朝中许多大臣——这些人后来大都成了东林党的骨干——纷纷团结起来抗争，前仆后继锲而不舍，与神宗足足耗了十五年，最终硬是逼着神宗立了他不喜欢的长子为储。

这一系列大案的主角就是皇帝本人，所以，许多被东林党目为奸邪打入另册的大臣，不过只是因为他们替皇帝背了黑锅罢了。

内阁首辅王锡爵就是这么一位。平心而论，他做官廉洁，为人也称得上耿介，张居正气焰滔天之时，曾面责居正，并在张居正回乡葬父、九卿大臣联名上疏请求召还时"独不署名"。按理，他与顾宪成应该惺惺相惜：张居正有病，朝臣争相为其求神祷祝，唯独宪成拒绝；同僚恐其遭忌，便悄悄替他在名单上签了字，不料宪成得知，立即上门划去了自己的名字。

然而有天散朝之时，这两位昔日的同志却进行了一场剑拔弩张的交谈。

"当今有件最奇怪的事。"王锡爵加快几步，走到顾宪成身边，冷不丁开口，"庙堂定下的是非，天下偏偏都要反过来。"

"是吗？"顾宪成不动声色，但马上回了一句："我看是天下的是非，庙堂非要反着干呢。"

王锡爵也不理会，一拂大袖，愠愠而去。

这番对话的背景是争国本的第七年，王锡爵顺承神宗旨意，提出了"三王并封"，即将神宗的三个儿子一并封王，埋下日后择立太子的伏笔。王锡爵如此算计，顾宪成等自是洞若观火，当即展开了猛烈的攻击，引经据典将此方案驳斥得体无完肤，迫使神宗不得不收回成命。

王锡爵对顾宪成说那番话时,底气很足,很有些威胁的意思。你们难道不明白,"庙堂"是什么吗?庙堂的是非就是皇上的是非,何苦老是对着干呢?得罪我王某不要紧,得罪皇上有你们的好果子吃。

一波未平一波又起。第二年,顾宪成受命推荐阁臣,可递上去的备选名单却都是一贯不与"庙堂"合作的抨击派,神宗一看就来气。王锡爵察言观色,乘机再上了点眼药,神宗终于大怒,将顾宪成撸去乌纱帽,赶回了老家。

可能连神宗自己也想不到,这一赶,却在江湖上赶出了一个东林书院。从此,就像飞蛾扑火、蝇蚁逐膻,散在四处的"牛鬼蛇神"有了大本营,更是拧成一股绳,时时刻刻与他唱起了反调。

那对峙的几十年中,神宗想必会常常哀叹:大明风水到底怎么了,那些犟头犟脑的书呆子为何一次又一次地抱成团与他们的主子过不去?

他一定会想到爷爷嘉靖皇帝,八成还会因此感到羞愧。当初爷爷为他自己的父亲争取一个皇帝的名分,虽说历经坎坷,末了终究如愿以偿;而到了他这代,连老子疼儿子都力不从心。

他听说过那些厌物要挟爷爷的手段,大小臣工两百多人，顶着毒日头，齐刷刷跪在左顺门前，一边高呼"太祖高皇帝"一边号啕大哭。他佩服爷爷的果断，劝谕无效后调动锦衣卫，抓的抓，关的关，四品以上夺俸，五品以下杖打，足足打死了十七人，总算刹住了这股邪风。

神宗还知道，从那以后，爷爷开始有意识地在廷臣中制造矛盾，让他们互相猜疑、攻击，这样不停地上蹿下跳才能消耗掉他们过剩的精力，更免得他们形成攻守同盟齐心与自己较劲。

沮丧的神宗决定，要向爷爷学习，决不能被臣僚穿了鼻子牵着走。甚至还要更进一步，不给他们任何机会标榜德行。他以为，从前爷爷就是忍不住，才上了海瑞的恶当，对"嘉靖嘉靖、家家皆净"动了怒，让他有了流芳百世的资本。

他回忆起登基的第十七个年头，自己也险些入了彀。快过大年了，一个芝麻大的七品小官雒于仁却巴巴地递了一本，骂自己"酒色财气"俱全。可笑自己震怒之下，还召见辅臣，一条条辩驳，现在想来，真是多余。

清初《玉光剑气集》载，中年以后，神宗见到台省条陈，扫两眼就说"老一套"。即使臣子言辞激烈地指责，也全不动气，淡淡地说都不过是"讪君卖直"，想沽名钓誉罢了。对这类奏本，他一概留在宫中，不加任何批示。

神宗明白，只要他在奏折上一落笔，无论写什么，都只能是给抗议者加分。他们就会心满意足地将加了朱批的奏折传抄公布于天下，向世人显示，他们是多么的舍生忘死，而皇帝却是多么的暴戾昏聩。

因为神宗最清楚，若是讲道理，自己将永远落于下风。最可悲的是，在东林党人的监督下，居然没有谁敢旗帜鲜明地站在自己这边。想请王锡爵出来再挡几招，不料只一个回合就输得身败名裂闭门谢客了。其实他那封被泄露而引起众怒的密奏有错吗，简直就是朕的心声啊："再有抨击的奏章一概留下，不要理睬，就当作禽鸟之音而已。"

无疑有赌气的因素，除了不批奏折，孤独的神宗还慢慢开始"不郊、不庙、不朝、不见、不讲"，后来竟然一口气二十多年不上朝。即使再无聊，他也不接见阁臣，宁愿看小太监掷银子玩，有史料说他很可能还吸起了鸦片。

有时候，看着奏疏堆积如山，神宗可能心中会有一种无法抑制的快意：让你们念伦理纲常、让你们念长幼有序、让你们念勤政爱民——让你们狗咬狗两嘴毛！

君臣离心的危害，东林党人看得十分清楚。东林党首魁，黑名单上被比附为宋江的叶向高出任首辅后，立即向神宗上书，指明了国家当前深陷困境的五条根本原因，其中第二条就是"上下否隔"。上下指君臣；否隔，意思是隔绝不通。上下否隔最直接的后果，就是在那场党派林立的混战中，缺少一位公正的仲裁者，使得党争愈演愈烈永无休止。

没有奇迹，这份奏折依旧是泥牛入海，连个响声都听不到。

只能靠自己了。叶向高转回身子，忧心忡忡地看着沸锅一般的朝堂。但他能做的，只能给每人当头泼下一桶冰水，让大家冷静冷静。

但这无异于螳臂当车。在位期间，叶向高多次竭力调解党派纷争，但皆以失败告终；万历四十二年，身心俱疲的叶向高黯然辞职。

"东林三君"之一的邹元标也做过同样的努力。他以顶风上疏，坚决反对张居正夺情，被重杖几致毙命而闻名。罢斥闲居三十年，天启皇帝即位后，邹元标被召还出任左都御史。然而出乎很多人的意料，邹元标一上台却首先抛出了"和衷"，号召朝臣消除门户偏见，和衷共济。有人怀疑他是不是年纪大了，磨尽了火气，怎么能这样和稀泥？他笑道："做大臣的，只要不是大是大非的原则问题，就要想尽办法稳定国体，怎么能感情用事呢?"

但几乎没有谁能理解他，连东林内部都笑他首鼠两端。邹元标无奈，也告老还了乡。

神宗罢工的漫长岁月里，大明王朝就像一堆暴晒过久的柴禾，坚硬干燥，随便一擦就冒出火星，朝野上下，充斥着亢奋的戾气。赵南星在"京察"——考察在京官员，根据政绩品行予以升降——时放出的话，可以视作这个时代的注脚：

"内察之典，六年一举，君子疾邪，小人报怨，皆于此时。"

暂时失意不要气馁，反正六年一个轮回，有的是机会让你有仇报仇有怨报怨。

邹元标在东林党人集体罹难前逝世。暮年的邹元标，越来越怀念四十多年前把他打得终身残疾的张居正，一瘸一拐地奔走呼吁为他平反。

生命的尽头，他恍然大悟，仅靠气节救不了大明。纯粹的黑固然压制不了天下，纯净的白也拯救不了世人。

绝大的悲哀啊，对于一个王朝，居然灰色才是正道。

书院实际并不大，很快，我就到了最核心的建筑，依庸堂。此堂是宾主叙礼的主要场所。邹元标应顾宪成之约曾作过一篇《依庸堂记》，还撰了两幅楹联，其一是："坐间谈论人，可贤可圣；日用寻常事，即性即天。"

"坐间谈论"，想来，青壮年的邹元标在这座堂上没少骂过张居正。

然而评议大臣最初不被提倡，起码顾宪成在《东林会约》中曾写过学人应当"屏九损"，即摒弃九种有害的风气，其中就有"或评有司短长，或议乡井曲直，或诉自己不平"，这些都是浮躁的表现。堂名依庸，庸者，也有适中平和之意。

九损里，还有一条："党同伐异，僻也。"东林发展成一个党，想必也不是顾宪成希望看到的。当然，顾、高等人从来不承认自己有党，如高攀龙《论学揭》云："所言东林，非东林也，乃攻东林者之言也。"

不泄愤，不结党，那顾宪成创办东林书院的初衷到底是什么呢？

我想，顾宪成追求的，也许是一种力量，不是用来对付同僚，而是能抗衡皇权的力量，来匡衡这个已经严重偏离轨道的世界。

是的，这个世界已经出轨太久了。"唐室大有胡气，明则无赖儿郎。"（鲁迅）回头看去，跌跌撞撞两三百年，洪武皇帝的子孙，如武宗的胡闹，世宗的神道，神宗的酒色财气，有几个是成器的？

可是相比历代，在朱元璋的精心设计下，有明一朝又是皇权最集中的，身为大臣，别说如汉唐那般坐而论道，连自己的臀部都缺少安全感，动辄被扒了裤子按在朝堂光滑的青砖上挨大板。

如果说，世间还有一样东西，还可能残留一点力量，对皇权进行些许束缚的话，那只有儒家的道德了。

就像堂吉诃德找到一根生锈的长矛，对不肖皇帝失望之极的顾宪成等人，高高举起了道德的大旗。他创办东林，就是为了利用这套被忽略太久的道德武器，重新整理出一套标准，一套高于、起码能独立于皇权之外的标准。

我以为，这应该就是顾宪成的终极目标。至于后来发生的一切，如同在雪山上投下一枚小小的石子却引起雪崩，就不是他们所能控制的了。黄仁宇的剖析很冷静，也很无情："仅凭这几十个自诩品德优秀的官员，反倒能订出一个大家所承认的标准？……反对他们的，也同样使用了他们的治人之道，即用道德伦理的名义组织他们的集团以资对抗。"

聊以安慰的，就是真正的东林党人始终知道自己在做什么,知道自己为了什么而牺牲。

以大刀手的身份上黑名单的杨涟,被捕后受尽酷刑,最后死于"土囊压身、铁钉贯耳"。临刑前,他写有血书,曰:"持此一念,终可以见先帝于在天,对二祖十宗与皇天后土、天下万世矣!大笑,大笑,还大笑!刀砍东风,于我何有哉?"

只是,他那份无愧于先皇的自豪,与高攀龙的"君恩未报,愿结来生"一样,都令我感慨万千,因为我读过顾宪成写给高攀龙的一封信,里面有这样的文字:

"乾坤之后,继之以屯。混辟之交,必有一番大险阻,然后震动悚然,猛起精神,交磨互淬,做出无限事业。夏商以来,凡有国者,莫不如此。此意甚深长可味。"

乾、坤、屯,都是《易》中的卦名。乾坤是一个轮回,而屯,则是万物始生之意,联系后文的"夏商有国",字里行间,对朱明的绝望乃至改朝换代的希冀"深长可味"。从这个角度看,就算灰色能延缓一个王朝的寿命,他们也不一定会采纳。黑白分明,担起的不是一姓一朝,而是千秋万代。

但谁也不敢捅破那层薄薄的纸,很可能顾宪成还因此有了深重的罪恶感,他悚然端坐,长长吐纳一回,环视满堂同仁，沉声一字字道：

"官辇毂，志不在君父；官封疆，志不在民生；居水边林下，志不在世道，君子无取焉。"

东林党人的热血丝毫融化不了紫禁城的冰霜，皇帝早已修炼得油盐不进。任凭叶向高在一封封奏疏中气急败坏："陛下万事不理"，神宗连官职出缺都不予理睬。万历三十年，南北两京缺尚书三人、侍郎十人、科道九十四人；地方缺巡抚三人、布政监司六十六、知府二十五人；最严重时，整个帝国官员缺额达一半以上。连辞职报告都没人接收，据说有人居然连续上了一百二十份辞呈，最后还是自己脱下官服、封了官印一走了之。

由于缺少法官断案，有些嫌疑犯二十多年也没被提审，被关得神经错乱，在狱中用砖头把自己砸得满身是血，卧在血泊中呼冤。

五十八岁那年，神宗住进了自己早在三十年前就修好的定陵。（二十几岁就热衷于后事，这是不是也反映出对现实的厌倦？）但已经没有谁能够勒住缰绳，王朝的大车继续驶向无底的深渊。

天子光宗在美女和丹药夹攻下不明不白归天后，群臣满怀期待地迎来了熹宗朱由校，却哭笑不得地发现，这位腼腆的年轻人最喜欢的竟然是斧凿刨锯；很明显，在他看来，做一个木匠的诱惑远远大于做皇帝。

君臣在疾速坠落的过程中越走越远。

终于，崇祯君臣合力，为大明王朝画上了一个句号。

清军入关之后，许多志士不甘亡国，奋起抗争。东林党人黄尊素的儿子黄宗羲是其中著名的一位。"濒于十死"却回天无术后，他返乡闭门著述，苦苦探索中华的出路。有一天，他拍案而起，厉声长啸，祸根原来在这里！

"为天下之大害者，君而已矣！"（《明夷待访录·原君》）

他提出，合理的政治应该由选举出的宰相来做政府的领袖，而皇帝不能亲揽大权。

只是清朝延续朱元璋的规划，也不设宰相。汉人在皇帝面前自称"臣"，满人则自称为"奴才"。不过，无论权势还是地位，"臣"都排在"奴才"下面。

入清之后，东林书院似乎风采依旧。

我看到的依庸堂是康熙时期重建的。当时学界流传着一句话："脚迹得入依庸堂，人生一大幸。"可见东林的影响并未因改朝换代而削弱。

但在依庸堂上，我忽然困惑起来，我发觉我可能连东林的概念都没有搞明白。

究竟什么是东林？其实连修《明史》的人也说不透彻。天启年间那次禁毁书院运动，《明史》是这样记叙的："毁天下东林讲学书院。"

东林书院只有一座，哪里来的天下东林讲学书院呢？

我又想起复社——明末以继承东林事业为己任的社团——名士吴应箕评论东林的一段话：

"言国本者谓之东林、争科场者谓之东林、攻阉人者谓之东林；由此而逆推之，凡劾江陵（即张居正）者亦可曰东林也；劾分宜（即严嵩）者，劾刘瑾、王振者，亦可谓之东林也！"

如此，岂不是说，遍地都是东林了吗？

但这天下果真容得下这么多东林吗？读着"风声雨声读书声声声入耳；家事国事天下事事事关心"的名联，我问自己。

因为我知道，吴桂森重建书院后，又制定了一个新的《东林会约》，第二条是："绝议论以乐时"。

"自今谈经论道之外，凡朝廷之上、郡邑之间是非得失，一切有闻不谈，有问不对。"

皇帝的花园

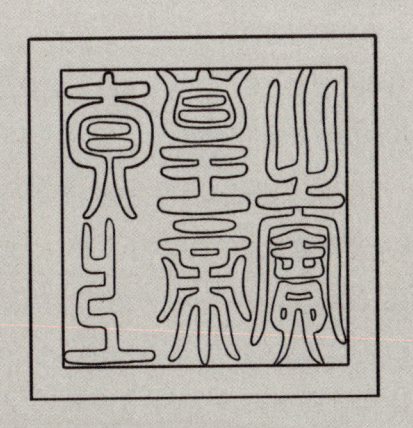

北京·紫禁城

这是我第三次进入故宫。

我终于能够对这个世界上最庞大的宫殿群保持冷静了。我的关注点也不再只集中于午门与神武门之间、那些整齐地排列在中轴线上的建筑。我已经知道,能够在阳光底下如此高调展示的,往往都不是事实的全部真相;一些历史走向的关键,通常都会隐藏在狭窄阴暗的侧面。

就像我此次探访的这座花园。在紫禁城大小七十多座宫殿、九千余间房屋中,它偏处一隅,并不宽敞,使用率也不高。事实上,自从建成那天起,基本上就长年封闭。

然而,我却认为,它才是整座紫禁城等级最高的建筑。

在世界的建筑谱系上,这座近乎隐形的花园,具有远远超出其本身体量的巨大意义。甚至可以说,它在数千年后,呼应了秦始皇的阿房宫。

它们各自承载着制造者的梦想,都不只是单纯的花园或者宫殿。假如历史以物化的象征呈现,那么这两个建筑一为序曲,一为终章,分别占据了整部中国帝制史的首尾。

这座花园,是乾隆皇帝亲自规划设计的,因此也被称为"乾隆花园"。

"乾隆花园"的正式名称是宁寿宫花园。

宁寿宫是紫禁城东北部的一处长方形院落,本是太后养老的所在,平时甚为荒僻。在乾隆皇帝五十九岁生日那天,他却郑重下旨,要大规模扩建这座半冷不冷的宫殿,并修一个集古今造园文化之大成的经典园林。

他是以这种方式,向天下人保证,自己一定会兑现诺言。

早在二十五岁继位那年,他就曾向天焚香祷告,希望能够得到眷佑,执政长久。不过他也不敢打破爷爷康熙帝统治天下六十一年的记录,做满六十年皇帝,便将自动退位,传给儿子。

乾隆多次在臣民前提起过这个诺言。毫无疑问,在他的设想中,归政之后,自己生命的最后阶段,便将安放在宁寿宫中。

不过,对于这座宫殿,颐养天年之外,乾隆皇帝还有更高的要求。

他真正想建造的不仅是一座宫殿,更是一座属于自己的、空前绝后的丰碑。

乾隆皇帝是历史上自我评价最高的皇帝。

在乾隆眼中,中国历史上所有的帝王,合格的只有三个:汉文帝、唐太宗、宋仁宗。但汉文帝不善用人,宋仁宗能力稍逊,真正看得上的,其实只有唐太宗一人。不过乾隆相信，自己的功业，应该已经超过了唐太宗。

这并不是毫无根据的自我膨胀。

整个乾隆时代，中国都是世界第一大经济强国。据统计，当时中国的GDP占到全球三分之一，超过了美国在今天世界上的地位。由于经济总量巨大，乾隆朝国家财政储备之雄厚远超历朝历代，就有清一代二百六十八年而言，也达到了顶峰：康熙朝库存银最高额是4900万两，雍正朝是6000多万两，乾隆三十年起，就超过了这个数字，到五十五年，竟然达到了史无前例的8000万两。

乾隆时期的军事力量也极其强大。自乾隆二十四年统一新疆后，中国疆域北起萨彦岭、额尔古纳河、外兴安岭，南至南海诸岛，西起巴尔喀什湖、帕米尔高原，东至库页岛，领土面积达1453万平方公里。特别值得强调的是，乾隆一朝，清廷对边疆和少数民族地区的实际控制力前所未有，乾隆因此以"十全武功"来夸耀执政期间为此进行的十次军事行动。

作为农业国家，人口向来被作为衡量一个时代强盛程度的标杆。中国人口直到南宋绍熙年间才破亿。乾隆六年，全国人口14341万，乾隆六十年，这个数字增至29696万。

单纯以数据而论,乾隆确实有比肩甚至压过唐太宗的政绩。何况,执政之外,乾隆还相信,无论诗词曲赋、书法绘画,还是骑马射箭、围猎摔跤,在任何领域他都出类拔萃。他甚至向子民宣告,自己已经证得了佛教中罗汉的果位。

当仁不让,乾隆皇帝自称为"千古第一全人"。

宁寿宫花园是一个东西宽不及40米,南北长却有160米的狭长院落,面积并不大。分为前后串联的四进,垒山植木,并配以各式楼阁二十多座,建筑类型丰富,大小相衬,处处可见匠心。

当然,乾隆并没有片刻忘却这座园子的主题。

"遂初堂""倦勤斋""符望阁"……建筑物上的题额和楹联、装饰摆设,甚至山石花木的寓意,这座花园,从头到尾都传达着主人对于人生圆满的欣慰。

但当我真正进入时,这座园子给我的最大感觉,却是一种难以名状的压抑。

正如乐此不疲的频繁南巡,在这座花园中,乾隆毫不掩饰他对江南元素的喜爱。为了营造江南意境,它的内檐装修采用了大量木雕、玉雕、雕漆、錾铜、珐琅、软硬螺钿、竹黄、竹丝镶嵌、双面绣、髹漆等典型的南方工艺。

这些工艺大部分只能在当地制作完成,再运抵北京装配,因此还必须考虑到南北气候差异导致的变形开裂,无疑大大增加了施工的成本与难度。

可以说,这座花园,是乾隆移天缩地,在帝国的心脏亲手构筑起的一个不计成本的江南。

我的压抑,正是来自于此。

这种感觉应该与天气有关。阴冷,使得这座长年封闭的旧宫殿愈发寒气逼人。不过,更直接的原因是,那些来自江南的繁复雕琢,令我想起了,就在几百米外的武英殿前,那座字纸炉中的熊熊大火。

炉火不分昼夜,持续燃烧了很多天。每天都有无数图书在烈焰中灰飞烟灭。

在修建宁寿宫花园的同时,乾隆皇帝还进行了一项浩大的文化工程——编纂《四库全书》。借着全面整理中华文献之名,他对所有的汉人撰述进行了一次严格审查。所有"抵触本朝"的书籍一律销毁,"违碍字句"也全部删改干净。

据学者统计,乾隆年间,共有130余起文字狱,仅乾隆四十三年至四十七年五年之间便有近40起。而每起文字狱,动辄牵涉几十数百人,案主大多以凌迟、斩首、戮尸收场，家属从犯轻则充军流放，重则满门抄斩。而江南人文昌盛，自然犯忌也最多，更是惨不堪言。

一双在红墙内温情脉脉地构筑着江南的手，为何一转身，却掀起了这场以江南、进而以整个汉文化为假想敌的血雨腥风呢？

在花园最显眼的地方，我找到了乾隆皇帝的答案。

假山，任何一座花园的灵魂。宁寿宫花园的假山高低错落，颇有几分江南意境。明显可以看出，设计者大量借鉴了苏杭名园的叠石技法。

但穿行其间时，我丝毫没有感受到江南园林的轻灵，反而更多的是沉重。

因为我知道这座假山的前世。

根据清宫文献记载，修建宁寿宫的太湖石，是从北海琼华岛北麓的假山上拆来的，而这些石头有一个别名——"艮岳石"。

它们本来是宋徽宗的皇家园林"艮岳"。公元1127年，北宋亡国后，艮岳作为战利品被金人拆解，运到中都修了北海的琼华岛。

乾隆皇帝自然也知道琼华岛的来历。虽然无法考证用它们来营造花园是否有意为之，但这些背负着亡国之痛的太湖石，对于任何一位清朝皇帝的江南乃至汉文化情结，无疑都是一种当头警醒。

极度敏感的文字狱背后，是满人不可言说的畏惧。

这些将艮岳石搬到北方的金人后代，有足够的理由草木皆兵。清人入关之时，满打满算只有一两千名八旗王公大臣和五六万男丁，而抗清势力却有二三百万，此外上亿的汉人更是个可怕的天文数目。因此，清政府对于汉人，始终心怀忌惮。

清朝官制借鉴元代，满汉分别。如内阁大学士、六部尚书等中央官职，皆为满汉各一人，看起来很公平，但实权全在满员手里，汉员往往连本部大印也摸不着。核心的议政王大臣会议，更是清一色满洲贵族。

如此防忌汉人，除了悬殊的人口数量之比，满人应该还有任何一个马背民族在中华文化面前都不可避免的自卑。

表面上看，满人汉化得很快。当年康熙皇帝的文化素养便已经超过了历史上大多数帝王，被外国人视为中国文化的集大成者，法国耶稣会士白晋甚至称他为中国"儒教的教主"。乾隆皇帝的汉学造诣更是青出于蓝。

但他们学习汉学的真正目的，却是为了更有效地"以汉治汉"，他们真正信奉的，只有本族的文化。康熙与雍正皇帝便多次严厉批评族人习染汉风,而相比父祖,乾隆皇帝维护本族传统文化的力度更大。他甚至杀了一个与汉人士大夫诗歌酬唱的镶黄旗大臣,并下严旨:凡我八旗子弟,嗣后"如有与汉人互相唱和、较论同年行辈往来者,一经发觉,决不宽贷"!

这种维护,在花园中同样有所体现。

入关之前,盛京大政殿后的清宁宫,是满人跳萨满、祭祀神灵的地方,每次祭毕,都要召集王公大臣前来一起吃祭肉。定都北京之后,这个场所改成了乾清宫后殿的坤宁宫。而乾隆决定,他归政后,将把坤宁宫所奉的神位,搬到宁寿宫。

这座处处强调江南韵味的宫殿,最核心的地方,供奉的却是白山黑水的神。

不过,我也告诉自己,满汉大防的坚定捍卫者,仅仅是乾隆身份的一个方面。应该说,他真正的统治对象,并没有民族限定。

作为一个几乎没有悬念的帝国继承人,早在做皇子时,乾隆就系统地研习过中国历史上所有著名皇帝的治国方法。他的天资原本就极高,加之从小目睹了父亲与叔父们在争夺皇位中无所不用的各种手段,两相对照,很快就参透了这门终极技术的真谛，一出手便老辣果决。

雍正皇帝壮年暴卒，乾隆登基时只有二十五岁。满朝都是父辈的老臣，然而，三两个回合之后，这批深谙权术的老油条，却纷纷在这位年轻人面前败下阵来。

雍正皇帝留给乾隆最重要的辅政人才有两位，鄂尔泰与张廷玉。两位都是雍正最得力的大臣，不过他们却彼此不和，同朝为臣十余年，经常整天不说一句话。由于鄂张二人位高权重，群臣纷纷攀附，各自成党。

即位之初，乾隆皇帝便敏锐地发现了鄂张朋党的问题。然而积习多年，盘根错节，一时间倒也难以下手，再说国事也还需要鄂张二人出力。故而不动声色，继续重用，二人权势甚至看似超过前朝。

而与此同时，乾隆不断提拔年轻人，发展自己的势力。同时，利用鄂张党羽的互相攻击，轮番削弱两党，并不时敲打鄂张本人。很快，鄂尔泰与张廷玉，在这位小自己几十岁的皇帝面前，感到越来越畏惧，腰也弯得越来越低。

鄂尔泰在乾隆十年病逝。他比张廷玉幸运，五年后乾隆皇帝抄了张廷玉的家。

一个统治者的执政理念，在建筑风格上同样也能够体现。

符望阁，整座宁寿宫花园最高、也是体量最大的建筑。外观巍峨壮丽，内里更是暗藏乾坤。以首层为例，百余平米的面积，却被分隔为二十余间相互通联的小屋，外人初次进入阁中，常常会恍然不知身在何处，甚至寻找不到上楼的梯子，因此也被称为"迷楼"。

据说，这种设计灵感，来源于乾隆的百什件。

所谓百什件，又叫万宝箱，是乾隆皇帝专门用来收藏珍玩的木盒子。外表四四方方，内部却箱中套盒，盒中安屉，屉中分格，极其精巧。有学者发现，符望阁的三维剖面图，竟然与百什件的构造，有着惊人的相似。

无论百什件还是符望阁，内里虽然森罗万象，外观却方正浑然。这难道就是乾隆耗尽一生所参透的帝王术精髓吗？

符望阁面对的，依然是一座穷形极相的假山。

每一层褶皱，都意味深长；每一孔缝隙，都暗藏玄机。

受影视剧影响，乾隆给很多人留下了重感情的印象。但乾隆朝真实的君臣关系，就像猫与老鼠，绝对没有任何人敢在他面前调笑。当时的文坛泰斗、民间津津乐道的纪晓岚，根本没有传说中那么洒脱，而是伴君如伴虎，可还是被乾隆斥责为"娼妓戏子",因此得了个"倡优大学士"的外号。

侮辱与折磨大臣,越来越成为乾隆最热衷的游戏。

乾隆十八年,黄河决口,然而河道总督、高贵妃的父亲高斌却治理不力,甚至纵容属员贪污工程款。乾隆震怒,命令将包括高斌在内的一干人犯全部绑上法场,亲眼见到几颗人头落地之后,高斌这位年过七旬的老头心胆俱裂,吓瘫在地,这时监斩官却松开了他的绳索。原来,这竟是乾隆皇帝特意安排的恶作剧。经此一吓,高斌日夜监督河工,最后活活累死在大堤上。

——整个乾隆朝,是清代诛杀大臣最多的时期。而由于乾隆的洞察与严厉,大臣们谨言慎行,在金銮殿上伏得越来越低。

养心殿,这座结构紧凑的工字型宫殿,康熙时期不过是造办处的一处作坊,不过,从雍正开始,这里成了皇帝的寝宫。

养心殿并不大,其中西暖阁的书房三希堂里屋更是只有4.8平方米。然而,就是在这里,乾隆皇帝牢牢地操纵着整个帝国。

一千多万平方公里的国土、两三亿的子民,命运全部决定于三希堂里一管细细的朱笔。从秦始皇开始，帝王之术从来没有被发挥得如此淋漓尽致过。

人心柔顺，四海升平。

所有的山林，都匍匐于脚下，亿万臣民，都玩弄于掌心。想成就谁，谁就平步青云，想毁灭谁，谁就万劫不复。乾隆皇帝终于找到了"千古一人"的感觉。

登上人间顶点的代价是同样得承受高处不胜寒的孤独。当天下成为一枰再也没有对手的棋局，落寞的棋手究竟是怎样的心情？

他仍然将这份情绪，悄悄藏入了宁寿宫花园。

倦勤斋，花园最后一进院落的最后一座建筑。

乾隆皇帝用这个隐约透露出些许疲惫与厌倦的词，收住了整座花园。

倦勤斋面阔九间，面积并不大。最大的特色是屋中有屋。西四间内搭了一个尖顶亭子式的小戏台，上面还有一层阁楼。我注意到，阁楼的空间极为窄小，尤其是楼梯，只能容一个人上下。

倦勤斋，已经是整座花园最隐秘的地方了，它的阁楼，更是密中之密。这样的构造，不由得令我联想起西方童话里那个埋藏国王秘密的树洞。不免猜测，铁腕与冷酷背后，乾隆大概也会有难以言说的无奈与伤感。或者说，这个当时世界上权力最大的男人，内心其实一直有种不安全感，他必须有倦勤斋这样的地方独处，紧绷的神经才能得到暂时松弛。

观戏，无疑是乾隆皇帝放松自己最有效的娱乐方式。但让我有些不解的是，在戏台与皇帝的座位之间，还有一个略高于地面的方形平台，在室内不大的空间里，为什么要设置两个戏台？

仔细观察，这个戏台的规格明显高于亭式戏台，而且上场门正面朝向皇帝的宝座。难道这是乾隆皇帝为了方便自己登台客串的独特设计吗？

乾隆皇帝是懂戏的。根据清宫档案记载，每年腊月底祭灶时，他还会坐在坤宁宫的大炕上亲自打鼓清唱《访贤》。

踩上红毯的瞬间，乾隆皇帝是不是也会有一种人生如戏的幻灭感呢？

百年三万六千日，不过是一场演给自己看的戏。彩灯照下，檀板击起，这位古往今来最自负的帝王，心头恍惚，眼底苍凉。

别人是粉墨登场，而在这座紫禁城最隐秘的戏台上，乾隆皇帝却难得地卸下了所有装扮。

除了戏台，倦勤斋最大的特色便是通景画。

通景画在清宫档案中又称作线法画，它以布满整个墙壁的大幅图画为背景，再加之以与其风格相符的真实陈设，利用视象错觉延伸室内空间，从而达到独特的透视效果。

整座宁寿宫花园，包括倦勤斋在内，共有四幅著名的通景画，刚好组成春夏秋冬四个场景。春天百花盛开，夏天藤萝满挂，秋天纸鸢高飞，冬天梅花飘香。通过通景画，乾隆皇帝用一座花园收纳了四季轮回，以此来象征太平盛世的永无止境和大清江山的千秋万代。

而这些花团锦簇的画面中，永远少不了婴戏与仕女。孩童天真可爱，女子美丽温柔。所有人的脸上，都带着深浅不一的笑。

儿孙绕膝，天下太平。毫无疑问，这几幅通景画极力表现的，就是中国人所理解的天伦之乐与人生极限。

当然，乾隆皇帝认为，这本该就是自己享受的幸福。他相信，作为一个个体的、避免不了生老病死的人，他已经做到了成功的极致。

只是我更愿意把这几幅色彩明艳的通景画，理解成乾隆给予自己的某种安慰。毕竟刻意显示的，通常都是最缺的。

乾隆最喜欢和历代帝王比较,以证明自己无与伦比的伟大。从比疆域到比人口,比政治稳定,比军事成就,甚至比年龄,比在位时间,比儿孙数目,乐此不疲。七十岁那年,还御制了一篇《古稀说》,从秦始皇开始,拿自己和所有帝王全方位对比了一番,最后得出结论,自己才是古往今来最有福气的大皇帝。

但这样一组数据,却令这份福气变得阴郁而可疑:乾隆皇帝先后有四十一名后妃,三十二个先他而死;一生二十七个子女,十岁前夭折的便有十二人,长到二十、未满三十而去世的,又有八人,最后只有五人活到其身后;孙辈倒有一百多人,甚至得见第五代玄孙,但由于乾隆待人严厉,这些后辈对他,虽然恭恭敬敬,但总是有些战战兢兢,还不如普通人家亲情浓厚。

人来人往,人歌人哭。永远是白发人送黑发人。帝国中央,紫禁之巅,颤巍巍端坐的,其实只不过是个孤独的鳏夫。

现在,这出戏已经接近尾声。

虽然身体确实比同龄人强健许多,但乾隆同样逐渐老去。

乾隆极为勤政，执政数十年，几乎每日拂晓即起，卯时，也就是早上六点已经开始等候群臣商政，若有军国大事，更是通宵达旦。六十岁以后，他的精力与记忆都开始跟不上，过了七十更是明显，为此他还曾自嘲说："昨日之事，今日辄忘；早间所行，晚或不省。"有时甚至连有没有吃过早饭都想不起来。

他的左耳听力在四十五岁那年就开始下降，六十五岁以后，左眼视力也明显衰退。至此，乾隆皇帝事实上已经丧失了对世界将近一半的感官。对此，他倒也豁达，还在诗中调侃自己，这就是俗话说的："睁一只眼闭一只眼。"

晚年的乾隆越来越难以承受繁重的政务。早年那个严苛的皇帝，随着年龄增加，变得越来越宽容，越来越慈祥。他不再热衷于以吹毛求疵来显示自己的英明，甚至不再想除恶务尽。

他的对手只剩下了时间。就像其他老人，他也越来越喜欢给自己贺寿。除了享受儿孙满堂的温馨，万国来朝更是令乾隆对自己的人生充满了骄傲。

但他绝对料想不到，自己的毕生事业，正是在八十三岁那年的生日，悄悄开始瓦解。

国王的老迈，是一个帝国最大的秘密。

出现在马戛尔尼眼前的乾隆皇帝"有着一个身体健壮、精神矍铄的外表。眼睛漆黑,目光锐利,鼻子鹰钩,即使在如此高龄,面色仍相当红润。腰板挺直,头脑的活力也丝毫不逊于他的身体"。无论怎么看,都像只有五六十岁。

在乾隆执政的第五十八年,八月五日,经过九个多月的航行,以给乾隆皇帝贺寿的名义,由乔治·马戛尔尼伯爵率领的英国使团抵达了天津白河口。

这个使团规模之大,在英国历史上属于空前,甚至放眼整个欧洲,也前所未有。成员多达七百多人,包括外交官、学者、医师、画家、音乐家、天文学家、数学家、工程师等各个领域的杰出人才。

使团携带了大批精心挑选的国礼,包括英国人最新的发明,如蒸汽机、织布机和棉纺机;各种最先进的武器枪械;此外还有一些精美的科学仪器,如能够准确地模仿太阳系各星球运动的天体运行仪,标有世界各国的国土、首都以及航海路线的地球仪、帕克透镜、气压计等等。共有19宗近600件。

这些礼物,除了显示英国引以为豪的科学技术,很大程度上,也是为了讨好乾隆皇帝。

因为他们早就听说，这位东方权力最大的老人、传奇般主宰了中华大帝国将近六十年的大皇帝，对西方一直有着浓郁的兴趣。

事实上，从康熙开始，紫禁城对西方文化就有了相当深度的了解。

通过西方传教士，康熙皇帝已经知道地球是圆的，知道世界上有五大洲，也知道有人环行过整个地球。他下过苦功学习欧洲科学，甚至迷上了欧几里得的几何。而雍正皇帝，则留下了好几幅头戴假发、身穿欧式服装的摩登画像。

乾隆皇帝兴趣广泛，对异域的种种，更是喜爱有加。

在今天的故宫博物院，景运门外的奉先殿内，设有一座钟表馆，长年展出清宫收藏的各式钟表，其中乾隆年间占了最大部分。而这些钟表大部分都来自西洋各国。根据清宫档案记载，乾隆十分喜欢西洋钟表，能分辨出是原装进口还是国内仿冒，经常命令内务府替他采办正宗洋货，甚至公开向广州一带的官员索贡。

除了钟表，乾隆皇帝还对西洋自动玩具极其着迷，尤其是一头由西洋传教士进献、上紧发条能走一百多步的"自行狮子"，令他大为开心。

他甚至一度对西洋音乐情有独钟，命宫里的小太监向传教士学习西洋乐器，还组建过一支包括大小提琴、双簧管、单簧管、吉他在内的西洋管弦乐队。

看着自己亲手挑选的礼物，马戛尔尼对自己的这次出使充满了信心。

虽然船队被插上了"英吉利贡使"的彩旗，但马戛尔尼始终没有忘记自己的使命。贺寿只是名义，他们漂洋过海万里而来，最终是希望与中国签订一个平等的外交条约，以建立稳定而正式的外交关系，从而推进两国的互利贸易。

然而，乾隆皇帝的反应，却像当头浇下的一桶冰水，令他们无比沮丧。

那批欧洲最先进的军械首先被他放在一边，毕竟过生日舞刀弄枪不太合适。英国人引以为豪的科学仪器，也令他不以为然。那座清晰地展示了太阳系全貌的"天体运行仪"，被看成是八音盒一类的玩具；至于地理运转架，乾隆则只注意到上面的饰纹还不如宫中的精美；帕克透镜、气泵、气压计……英国人竭尽全力演示，乾隆却看得意兴索然，说这些只配给小孩子玩玩。

最后，这位难掩沮丧心情的皇帝，对这批远方的礼物

作了这样的总结:

"其所称奇异之物,只觉视等平常耳。"

马戛尔尼黯然离开了中国。

不过,这趟代价昂贵的出使,英国人并不是一无所获。

他们用自己的亲身见闻,向全世界展示了一个真实的中国。

在马戛尔尼使团访华之前,欧洲在17—18世纪出现过"中国崇拜"。几乎所有的入华传教士都在寄回欧洲的书信中说,由开明君主统治下的中国,社会富庶,人民勤劳。欧洲许多思想巨匠因此都对中国文化如痴如醉,伏尔泰甚至在自己的小礼堂中供奉孔子的画像,并向欧洲人宣称:"世界历史始于中国。"

马戛尔尼也是怀着探访一个黄金之国的憧憬而来的。然而,一登上中国的土地,他们就遭遇了触目惊心的贫困。

他们首先注意到,政府派来服侍他们的杂役,大都是忧郁而消瘦的,而且好像永远处在严重的饥饿之中,每次得到残羹剩饭,都会千恩万谢,甚至贪婪地争抢他们泡过的茶叶,心满意足地煮水喝。

很快,他们就发现,这种饥饿几乎是全体中国百姓的共同状态。使团成员约翰·巴罗这样记录:"不管在舟山还是在溯白河而上去京城的三天里,没有看到任何人民丰衣足食、农村富饶繁荣的证明……触目所及无非是贫困落后的景象。"

即使北京城,也没有给这些英国人留下太好的印象。巴罗抱怨,这座名声显赫的都城,严重缺少趣味,因为每一条街道都以同样的方式铺就,每一幢房屋都按同样的式样建造,以至于随便在哪条路上走一走,就足以充分了解整座城市。

唯一令他们感到震撼的,是这个国家的秩序。巴罗写道:"这样多的人口,这样广袤的土地上,俯首帖耳于君主一人的绝对统治下。"他的同伴,副使斯当东则如此感叹:"自进入中国境内以来,在这样大的地面上,一切事物这样整齐划一,在全世界是无与伦比的。"

这些印象,最终在马戛尔尼的日记中形成了一个暗藏杀机的预言:

"清政府好比是一艘破烂不堪的头等战舰,它之所以在过去一百五十年中没有沉没,仅仅是由于一位幸运而能干的指挥官;而她胜过邻船的地方,只在于她的体积和外表。但是,一旦一个没有才干的君主走上指挥位置,它将无力应对狂风暴雨。"

英国人敏锐地察觉，乾隆的人生与事业都已经临近尾声。

毋庸置疑，他的统治获得了巨大的辉煌。积六十余年，他完成了中国历史上最缜密、最完善、最牢固的集权统治，创造了空前稳定的政局，养活了空前庞大的人口。正如他傲视千古的自我定位，他确实将从秦始皇开始的帝王术，发挥到了极致。

但是，在乾隆的时代，三万万中国人，没有一个知道，就在宁寿宫花园竣工的那年，英国的仪器修理工詹姆斯·瓦特制造出了第一台有实用价值的蒸汽机。

也是在同一年，苏格兰人亚当·斯密出版了《国富论》。这部经济学巨著的问世，标志着富国裕民的古典经济体系的创立。

还是在同一年，英属北美殖民地大陆会议发表了《独立宣言》，宣布一切人生而平等，人们有生存、自由和追求幸福等不可转让的权利，同时宣告美利坚合众国正式成立。

这已经不是秦始皇的时代。

正如马戛尔尼所言，中国这艘老旧的巨舰，全部的依靠只是一个出色的指挥官。而乾隆这位指挥官，最有效的手段，只是从上而下的层层禁锢。但越是有效的禁锢，就越是排斥任何外来的更新与冲击。就像乾隆皇帝对于西方文明的理解：他要的只是娱乐的玩具，而不是严谨的仪器。

他看到的世界，不过就像通景画那样，是欺瞒视觉所营造的幻象。

就在这四海升平、万国来朝的美丽幻象中，这场延续了两千多年的接力跑到了最后一圈，一部中国帝制史终于达到了顶峰。

而宁寿宫，则因为被设计为承载一个最成功帝王的最后梦想，而在世界建筑之林，拥有了特殊的地位。

宁寿宫花园建成的二十二年之后，太上皇帝乾隆走完了他八十九岁的人生。

按照西元，那是18世纪的最后一年。

乾隆是在养心殿去世的。三年前他就依照誓言退了位，但这座预备给太上皇养老的花园始终闲置着。他解释说自己不是不想来，而是大臣们不让他来，嘉庆皇帝不让他来。帝国还离不开他，需要他来把舵。

到死，他也没有放弃过一天权力。

虽然没有入住过，但关于宁寿宫在他身后的性质，乾隆皇帝却专门有过交代：仍然当作太上皇的养老居所，绝不可改变格局另作他用。

只是直到1912年溥仪退位，大清再也没有哪位皇帝，有福气当上太上皇。

离开前,我忽然想起,这座花园其实是有范本的。

比如符望阁,在形制上模仿的便是紫禁城西侧、建福宫花园的延春阁。

我将这理解为他对自己青春的纪念——从十七岁成婚到二十五岁登基,乾隆皇帝都住在建福宫旧址附近的乾西二所。

即位之后,他将自己在那个时代写下的文章编为一本《乐善堂全集》。翻阅这些文章,我发现,年轻的乾隆曾经是一个非常正统的儒家信徒,对政治的理解有着浓郁的理想主义色彩。

当时的乾隆认为,一位完美的君主,应该以仁德治理天下。

延春阁与符望阁之间,直线距离不过几百米。

乾隆皇帝的一辈子,也就走了这几百米。

六扇门

河南·叶县

看了雕着"贪"——一种形似麒麟却以金银财宝为食的怪兽——的青石照壁，我来到了内乡县衙的正门前。

果然是八字墙，果然是六扇门。据说普天下官府的正门都是六扇，包括紫禁城的。东廊一架"喊冤鼓"，西廊两块青石碑："诬告加三等""越诉笞五十"。

入得门来，看人看己，走路时似乎都带了些戏台上老生的四方步。

时间的威力令人畏惧：清末全国分为1358个县，每县各有一衙，可仅仅过了一百来年，还能大致保持原貌的，竟然只剩下了眼前这一座。

县衙比照北京故宫"前朝后寝"布局方式营建，大门后是仪门，两门之间铺一条几十米长的甬道，夹道各列六只及膝高的石狮，靠西墙竖十根拴马石柱，两旁屋舍一字排开遥遥对称，广场空旷严整，气势颇为壮观。

未见正堂，我就能够感觉到此衙的规模要比预料中大得多。翻看资料，内乡县衙占地约四万平方米——南京总统府也不过十二万平方米——有房260余间，全部为单檐硬山建筑，所有屋脊均饰以鸱吻兽头，即使放在今天，工程也堪称浩大。

难怪当年县衙告竣之时，章炳焘会表现得那样兴奋，特意千里迢迢从绍兴老家把老父亲接来,请他参观自己的杰作。

——章炳焘是1892年至1900年间内乡的知县,我所见到的县衙,就是他耗时三年一手营造的。

只是章知县未曾料到,父亲的几句话,却像一桶凉水,劈头盖脸朝自己浇来,满腔得意落了个老大的没趣。

"这衙门造得不错。"

老人微微点头,顿了顿,又补了一句:"只是少了四只轮子。"

"轮子?"章炳焘一愣,不解地望着老人似笑非笑的脸,"此话怎讲?"

"有了轮子,才好在你卸任之后,推回咱老家,供你下半辈子享用啊!"

很明显,章炳焘的父亲对儿子如此大兴土木建造县衙并不赞成。他并不是一个普通的乡间老农,曾经以六品衔担任过河南祥符典史,在宦海摸爬滚打多年,所以他一眼就看出,自己的儿子已经触犯了一个官场忌讳——

"官不修衙。"

明朝的《新官轨范》中就曾提醒"衙门不可过于修饰,但取门户牢固、墙壁坚完"。这是因为,修缮衙门所需费用，并没有专门的赋税，若是向上头申请划拨，很容易给上司留一个"靡费"的不良印象；若是往下摊派，又容易得罪乡绅巨室。何况铁打的衙门流水的官，往上爬才是要紧大事，好歹没几年，熬熬也就过了，若是讲究风水，甚至担心修好了衙门会将自己牢牢钉在里面再也升不上去。所以，很多地方的衙门其实破败不堪，有些干脆取一些老旧民宅稍加改造便搬了进去。更夸张的是繁盛一时的大名府衙，翻修时居然从公堂下挖出了一具棺材，这才知道多年办公的所在，原来竟是一处墓道。

所以，尽管内乡老县衙早在咸丰七年便在战乱中被捻军烧了个干干净净，但之后三十多年，来来往往换了二十二任知县，却没有一人起过修复的念头，大家都宁愿不伦不类地借用外头的房子办公。

因此，县衙修得越是宏伟，章炳焘父亲心中便越是不安。但在他意味深长的告诫之后，章炳焘却依然我行我素，继续他的土木事业。在任期内，除了县衙，他还修建了崇圣祠、巫马祠、考院、仓廪、明伦堂、城隍庙、建福寺、奉仙观等等，顺带着将四个城门也改造了一下，尘埃落定之后，内乡县城里外焕然一新，面貌为之大变。

章炳焘为何如此不顾父训，不厌其烦地触碰忌讳呢？

难道真像很多人所说，他是从朝廷的工部下来的，学了一身营造的本事，好不容易得了自己的一亩三分地，不放开手脚尽情施展一番便会憋得难受吗？

内乡县衙由于硕果仅存而声名鹊起之后，对这位修衙的功臣，人们产生了浓厚的兴趣。但章炳焘毕竟只是一个微不足道的知县，留下的记载很少；然而，翻阅了不多的几页资料后，我却发现，此人身上充满了矛盾。

最根本的，在所谓的大是大非上我就犯难了，不知该把他归到哪一类：这究竟是一个清官还是贪官呢？

"种种善政，绰然有古循良风。"这是《内乡县志》盖棺论定的评语；然而离开内乡调任临颍后仅一年余，他便被革了职，当地商绅控诉他的劣迹是"侵吞各款""穷奢极糜"。

"侵吞各款""穷奢极糜"的背景是章炳焘到了临颍照样不甘寂寞，大建什么"学校""工艺厂"。假设临颍商绅所控不虚，倒很容易解释章炳焘在内乡修衙的动机：官府基建工程中的油水，谁都心知肚明，他如此不恤民力使劲折腾，有充足理由证明其并不单纯是出于对营造事业的兴趣。

但这便又产生了一个问题：如果他真是借修造中饱私

囊的贪官，那么为何晚景这般凄凉？

被罢免后，章炳焘羁居开封，生活甚是拮据。后来实在没办法，竟然携女儿又回到内乡，厚着脸皮向昔日治下之民开口募钱养老。

在内乡人眼中，章炳焘究竟是个什么样的官员？《内乡县志》中收录了清末在县内流传的一副对联，是邑人评论章炳焘的继任、广东人史悠履的："有仁心，无仁政；是好人，非好官"，"盖与章（炳焘）比较而云然也"。既是拿两人比较，言下之意章炳焘自然该是"无仁心，有仁政；非好人，是好官"了。

联语的字里行间，暴露出内乡人一种深深的遗憾和无奈，或者说是困惑：如果两者不能皆备，好人与好官，仁心和仁政之间，究竟哪个更重要？

内乡人其实已经给过了一份答案：乡绅百姓闻知老知县遇到困难后，一传十，十传百，纷纷解囊相助，感动得章炳焘老泪纵横，命女儿跪谢不迭。

史悠履的确是个好人。衙门有一笔不公开的钱粮收入，之前各任，包括章炳焘，都不声不响隐没了，从未上报，史悠履到任后却"尽征尽解"，悉数上缴，仅此一项，便可见其节操。

虽然没有很大的文名，但他还是个有些狂热的诗人，著有一本《菊潭骊唱》的诗集；诸多政务中，最喜欢的也是考核学子功课，有空便亲自登台讲学。

或许有人疑惑，科举确立后，中国本来就是文官制度，官员自然该是文人。但是，到了清中后期，高坐各地公堂的，却有相当一部分不能算是纯粹的文人。他们的乌纱帽，并不是凭着几篇千锤百炼的八股文在考场上厮杀而得，而是掏银子向朝廷买来的。

章炳焘便是其中的一个。他先是捐纳取得监生资历，又靠捐纳进入官场，从底层的从九品司狱做起，最后还是靠捐纳实授了内乡知县。

这种银子开路的入仕途径，自然遭人轻视。本质上，这只是一桩生意，有人便曾声称："普天下买卖，唯有做官利息最大。"还有个捐官的布贩子竟然在回答光绪帝问他为何要买官时说："我想做官这档子买卖要比贩布的赚头大。"章炳焘虽然写得一手书法家级别的好颜字，但在时人眼里，更像是一个商人。

然而，在内乡，这位商人的口碑，反而超过了正途出身、品德高尚的文人史悠履。

仪门，礼仪之门也，文官下轿武官下马。顶上花翎无论考来还是买来，过了此门便再无区别。一跪三叩首拜谢皇恩后，起身掸一掸鸂鶒补服上的尘土，轻咳一声，摇摇摆摆从篆有"公生明"三个大字的戒石坊下穿过，便一步步登上了县衙的中心——大堂。

"内乡县正堂"，两侧高悬一幅黑底金字联："欺人如欺天，毋自欺也；负民如负国，何忍负之。""明镜高悬"匾，"海水朝日"屏，公案，交椅，官印，签筒，惊堂木，林林总总，与我在影视中所见差不多，并没有多少新奇之感。难得的是，堂内地坪上保留有两块跪石，东方西长，已被磨得光滑发亮。

跪石是诉讼双方过堂时所跪之处，东为原告石，西为被告石。原告石还保存完整，被告石则已纵横龟裂——人犯用刑，挨板子也在这跪石之上。

章炳焘刑罚极严，堂讯时经常一笞数千，还当场打死过人。整座县衙，最先坏损的可能就是被告石，史悠履入衙之前，它的表面或许就已经有了裂纹。

摩挲着冰凉的惊堂木正襟危坐时，眼皮底下却是这么一块伤痕累累的跪石，"雅好吟咏"的史悠履心里究竟是什么滋味呢？

我相信，从掀开轿帘踏入县衙的那一刻起，诗人史悠履就已经感受到了一份难以名状的失落。他会发觉某种美好的想象，随着自己的脚步不断开裂。当他小心翼翼地走完甬道，来到公堂，直接面对那群满脸媚笑的书吏衙役，还有廊下陈列的刑具——竹板、大杖、拶子、夹棍时，终于忍不住皱起了眉头。

以后的三年，便得与这些人、这些物事天天厮混在一起了吗？

上了公座，抬头便可看见堂外戒石坊背面篆刻的十六个楷字："尔俸尔禄，民脂民膏，下民易虐，上天难欺。"凝视戒石，神情复杂，良久不发一言。末了，微微摇摇头，从案上取过名录，属官役吏、吏户礼兵刑工六房，一一点起了名。

不知有没有人注意到，他提着朱笔的那只手，竟然隐隐有些颤抖。

每次坐堂，当两斤重的大板高高抡起，惨叫与呵斥如潮水般一波波袭来时，史悠履一定会有种扭头向后的冲动。因为他知道，大堂后面还有二堂，而天下各处衙门，大都会在那里挂上一块"琴治堂"的横匾，取的是孔门弟子宓子贱身不下堂，端坐操琴便将县事治理得井井有条的典故。

史悠履竭力使自己沉静下来，想在心里拼凑出一段清泠悠远的节奏，然而总是被一声声竹板重重落在皮肉上的闷响打乱，他的面容开始变得有些狰狞，烦躁地看着青石板慢慢被血浸得殷红。对这座崭新的衙门，他越来越感到厌恶。

史悠履就任后，再不进行任何兴修建设，一切大小事务能省就省，能避就避，得闲便吟诗赋词，放任邑民休养生息。

不只是史悠履，大半千军万马闯独木桥过来的文人，第一次升堂，都会感到有种前所未有的惶恐。真正治事之后，很多人更是惊惧地发现，自己苦读半辈子，到头来却成了个百无一用的腐儒。

《官场现形记》里有段话很有意思："初次出来做官的人，没有经过风浪，见了上司下来的札子，上面写着什么'违干''未便''定予严参'，一定要吓得慌做一团……"

三更灯火五更鸡，铁砚磨穿，赖着祖宗积德，好不容易考中得了个官，不料刚一坐堂，竟然"一定要吓得慌做一团"。

地方官最寻常的事务便是听讼。关于听讼，孔夫子说得很轻巧："必也使无讼乎！"看着堂下两造喋喋不休面红耳赤，头绪纷杂机关万端，想必有不少人恨不能起夫子于地下，问问究竟如何才能"无讼"？

就算能顺利解决讼事，判牍行文又成了难题。多年写的都是八股，破题、承题、起讲，起承转合丝毫不乱，一笔在手横扫千军。可如今连个公文都分六七种，详、验、禀、札、议、关，不同场合不同格式——面对禁忌森严的法令条例，大多数人一头雾水，有时简直会觉得自己突然成了文盲。

而听讼断狱仅仅是政务中最基础的部分，钱谷征收、事务摊派、水旱灾荒、民变盗寇、上司过境等等，横七竖八密密麻麻如蛛网一般迎头套来，一时间这些才子大人手忙脚乱满头大汗，简直不知如何是好了。

不能怪他们无能，实在是到了明朝之后，尤其是清时，实际政务已经发展成了一项专门知识。一切行政措施都得严格依律办理，否则便是"违例"，罪责不小；乾隆年间《大清律例》便已有六类四百三十六条，附例更多达一千四百多条，而且五年一小修十年一大修，愈增愈多，真正是汗牛充栋，数不胜数。而这项知识却隔绝在科举之外，不仅于学子举业无助，更有法律上的障碍：清代制度规定，生员读书期间严禁过问地方政治。

于是这门处理实际政务的技术便被在衙门打杂的胥吏杂役，还有科场失意的幕僚师爷垄断了。发展下去，竟然成了一套学问："吏学""幕道"。拜师排辈，以亲带亲，以友授友，代代相传；还分门派，各有秘本。

因此做了官的文人便必须承受这种所学非所用的错位所带来的巨大痛苦：原来，幻想着凭自己满腹的诗书来处理政务，竟是一个南辕北辙的笑话。在衙门内，需要的不是文采和激情，而是诗人最欠缺、最痛恨的烦琐、劳碌、算计、冷酷，乃至绝情、虚伪、卑鄙、诡谲！

对正直的文人而言，能否做出一番出色的政绩暂且放在一边，对衙门事务稍有了解后，他们甚至担心自己最看重的名节都保全不了。

新官上任，官轿照例要在县衙外朝南转半圈才抬进正门，俗称"兜青龙"。这时很多新官脑中都会下意识地跳出两个老词："强龙"和"地头蛇"。他们很清楚，从现在起，这衙门内又将开始一轮新的龙蛇较量，而对手，就是这些恭恭敬敬地拜迎自己的家伙。尽管表面看来，长官言出令行一锤定音，但内心深处，他们严重缺少底气。明朝做过多年地方官的蒋廷璧在其《璞山蒋公政训》中写道："左右前后大小一应人等，俱是本县之人，惟我是外人，他个个都要瞒我欺我。"

强龙往往压不过地头蛇。尽管长官看起来高高在上,不过"任你官清如水,难逃吏滑如油",更多时候长官才是真正的弱者。

《红楼梦》中贾政的经历很有代表性。贾政外放江西粮道,"一心做好官",到任之后大刀阔斧革除一切陋规,却搞得满衙怨声载道。于是他的家人与书吏衙役里外联手,怠工的怠工,捣鬼的捣鬼,令贾政"样样不如意"。无奈之极贾政只能甩下一句:"我是要保性命的,你们闹出来不与我相干。"从此睁一只眼闭一只眼,"反觉得事事周到,件件随心",最后把自己弄得声名狼藉,被参了事。

书吏只是掌理案牍的下人,但由于长官对政务的陌生,他们毫不自轻,以笔为刀舞文弄法,连公文信印都敢挖补伪造。曾有个书吏这般夸口:"这衙门好比是辆车子,来办事的是照顾生意的客人,我们都是拿皮鞭的车把式,而堂上的大人不过是骡马罢了,咱让他左就得左,右就得右。"如果认为某官迂腐可欺,他们甚至还敢把这种狂妄肆无忌惮地表露出来,刚到任就先给长官一个下马威。

郑板桥做知县时就曾经尝过这种滋味。到山东潍县上任,一入境就结结实实地坐了一回"簸箕轿",被颠得头晕眼花七荤八素,还说这是潍县的规矩。

如果真撕破了脸,彻底闹翻不可挽回,结局谁胜谁负也难说。明嘉靖年间,浙江永康的书吏勾结土豪恶绅,居然一连把七个知县赶下了台。

难怪各地长官对师爷都那么尊敬,平礼相见,自称"兄弟""晚生",客客气气地称呼师爷为"老夫子""先生"。要承办那么多乱七八糟的公事,又要对付明里暗里挖墙脚的冤家对头,谁也离不开幕友师爷的佐助。

二堂之后便是"夫子院"。每到饭点,全国各府各县的"夫子院"里大都会飘出悠悠的糟气酒香——师爷以绍兴最为著名,有句老话就叫"无绍不成衙"。

院内有一株七百多年的老桂花树,枝叶扶疏,甚是高古。然而,我知道,这看似清雅的庭院内隐藏着一个深邃的黑洞。师爷不入朝廷编制,纯粹由官员自行雇用。每个师爷每年薪酬少则数百,多则上千两白银;根据需要,或是办刑名,或是办钱谷,或是起草奏疏,若想衙门正常开张,起码得请上三五个师爷——而一个七品知县,一年的俸禄却只有区区四十五两白银!

且不计打点上司等开销,仅是师爷薪酬一项便是笔高额赤字,这巨大的差额如何填补?这样算来,即使章炳焘果真借修衙"侵吞各款",但最终照样落个穷困潦倒实在不足为奇。其实连皇帝都清楚,若是只凭那四十五两,别说运转县衙,就是县令本人也寸步难行。康熙就说过,秀才读书时自己背着书囊徒步来往,当了官身边就有了众多随从,出门骑马坐轿,这难道还要一一问清是怎么来的吗?有次召见某官,听其汇报曰四十五两之外一文不取后,不知是出于赞叹还是怜悯,禁不住说了一句:"真是个苦行老僧!"

自然,只要伸出手,衙门内处处都能生钱。当然,也有人特立独行,逆流而上,发誓将清廉进行到底。有个叫陈锡熊的,每处做官都不取丝毫法外收入,仗着家底厚实,竟然用私财补贴衙门开支,虽然得了个"陈青天"的名头,却被整个官场视为厌物,连亲叔父都骂他:"居己以清名,陷人于不肖!"

清代小说《连城璧》中那段辛辣的话,果真是颠扑不破的真理吗:

"要进衙门,先要吃一服洗心汤,把良心洗去;还要烧一份告天纸,把天理告辞,然后方吃得这碗饭。"

"兜青龙"时,肃静牌、青旗蓝伞、桐棍皮槊,全副仪仗开路。三声锣,一声鼓,吹吹打打好不热闹,轿中人却很可能因记起一首民谣而暗暗苦笑：

"解贼一金并一鼓，迎官两鼓一声锣；金鼓看来都一样，官人与贼不争多。"

穿过夫子院便是三堂，这里是县令日常办公和接待上司的地方，有时也处理一些不宜公开的案件。与前两堂相比更显幽深，也褪减了许多官府气味，很像一座普通大户人家的民居客厅。

三堂后面还有一座花园。拱门额题"闲趣"，对门立有一石，上篆"菊苑"——内乡古称菊潭，因产菊而得名。我不知道史悠履之类的文人看到这个"菊"字时会不会有种啼笑皆非的荒谬感。

很早以前，菊便与一个曾经的县令——那个手把菊花、悠然望着南山的陶渊明——联系在了一起。想当年，陶渊明只是不愿意折一折腰，便抛下五斗米飘然远去，而自己呢？

"弟作令备极丑态，不可名状。大约遇上官则奴，候过客则妓，治钱谷则仓老人，谕百姓则保山婆。"

身为县令的猥琐和酸楚，可能要数明代文豪袁宏道说得最形象、最痛切。

要做稳一任官，仅仅洗去良心、告辞天理还远远不够，需要同时摒弃的，还有自己的尊严。"遇上官则奴，候上客则妓"，傲骨铮铮的文士，一入官场，居然先沦为奴才、妓女！

官场有官场的规矩，上下尊卑严格区分，见了大一级的，自然得跪拜伺候，可那些傲然受礼的是些什么人呢？道光年间，直隶某知府突然驾临下属某县，该县的知县赶忙将其迎入三堂，坐定后请教来意，那知府昂然道："没甚事，今天我生日，承蒙你日前送来礼金，特来致谢。"知县刚松一口气，知府又道："只是你的账房师爷好像从中揩了油，银子分量不足啊！"知县听了，满头大汗，连声承诺回头一定补足，不料知府一挥手，随从立马递上一架天平，说："为了省点麻烦，我自己带了天平来，你现在就可以把银子秤给我了！"

也许有人抱负远大，会用"天将降大任于斯人也，必先苦其心志"来勉励自己藏器待时；但很快，他便会绝望地发现，自己的命运很可能早已被注定，陷在帝国最底层的泥泞里劳碌终生了。

汉唐时，地方官员权力很大。尤其是两汉，太守官秩为两千石，与中央九卿大致相当，做事少掣肘；而且官级少，升转灵活，即使从基层做起，政绩出色或者运气来了几步就能踏到中央；可到唐时就已渐渐内重外轻，视外任为贬斥了。宋则每路设帅、漕、宪、仓，四个婆婆管媳妇，可怜地方官得奉承这么多人，地位愈发下降。明清后政权更是日甚一日集于紫禁城，人人视外放为黜降；最麻烦的是官级太多，九品十八级，三年一任，正常情况下，若想通过考功一级级做起，简直得日夜烧高香保佑自己长命百岁才有可能熬成大员。

据学者郭建先生统计，《明史·循吏传》中共收录三十名清官，全部由州县官入仕，但到头只有四人爬上了司道级，其余都在基层做到退休；《清史稿》中的五十八名循吏，也只有十七人升到了司道。清末孙鼎臣曾言：士大夫一旦当了知县，就如同被判了终身流放，不可能升为大官；百余年来，从没见过一个公卿重臣是从州县官起家的。

"一日之间，百暖百寒，乍阴乍阳，人间恶趣，令一身尝尽矣。苦哉！毒哉！"想到种种委屈处，袁宏道悲从中来，鼻头发酸，很想放声大哭一回。

仪门西南，是衙中的监狱。进大堂前，我进去走了一圈，参观了里面陈列的刑具，但有些失望，因为我没看到一样东西，匣床。

匣床是用来拘束重犯的专门刑械，本是每个牢房都不可或缺的。书上说，它的形状像棺材，囚徒每晚仰面躺于其内，手足被铐牢，脖胸用铁索锁住，肚子上压一块木梁，最后盖上一块"密如猬刺、利如狼牙"，满是钉刺的"号天板"，刺尖距离囚徒身体不到两寸。一入匣床，便是有拔山举鼎的力气也无法动弹分毫，纵然蛇咬鼠啮也只能活活忍受。

我不知道袁宏道有没有看到过这种可怕的刑械，但我能想象，作为一个提倡性灵、酷爱山水的大才子，他做县令时的感受，一定比匣床中的囚徒好不了多少。

很快，他一次次地向朝廷提出辞职，却迟迟得不到回复。终于有一天，袁宏道再不耐烦，高高挂起官印，拜上三拜，转身离开了县衙。

客观地说，并不是所有文人都缺少吏才，比如同样提倡"性灵"的袁枚，做了几任知县，都做出了很不错的政声，然而七年之后，他还是借口父亲亡故，需要回家奉养老母而辞了官。

明清之后，除了所学与所用之间的错位，加之与生俱来的清高与不耐琐碎，文人与政客逐渐开始分流。明清两朝，地方官做得好的，非正途出身的人比例越来越高，文人则越来越低。明清最有名的两个清官,况钟与于成龙,前者是书吏起家,后者虽说也算是正途,但毕竟只是一个副榜贡生,并未中过进士,而且"为学务敦实行,不屑词章之末",主动把自己与诗人划清界线。

作为一个县官,文人史悠履不如捐纳的章炳焘称职,这其实是很正常的现象。无论章炳焘手脚干不干净,起码史悠履在后花园为诗句中的某个字绞尽脑汁时,他却风尘仆仆地奔走赈灾、督农、捕盗、断案。捐官出身,章本来就没把做官看得有多神圣,也知道顶戴补服的价格,从未想过能干出多大名堂,只是当一份职业罢了;何况他明白,事情做得越多,越是事必躬亲,于公于私好处也越多。

我没读过史悠履的诗,但可以断定,他的诗集中定然有相当的篇目是抒发归隐念头的,那本来就是文人最刻骨铭心的情结。从前元好问在此做令时,也有过"扁舟未得沧浪去,惭愧春陵老使君"的诗句。

与元好问的沉郁苍凉不同,袁枚写得狂放许多:"仰天大笑卿知否,折腰只为米五斗;何不高歌归去来,也学先生种五柳!"

归去的路上越来越热闹,加入的文人一天比一天多。

"菊苑"石后种了一丛竹,我因之又记起了画竹独步古今的郑板桥。实际上，一进入景区，内乡县衙的完整和恢宏，就已经使我很自然地想到了他。因为正好与章炳焘相反，他是一个著名的官衙破坏者，曾以县官的身份，命人将署中墙壁挖出了百十个洞，说是这样才能"出前官恶习俗气"。

袁枚归隐南京后的第四年，郑板桥也向朝廷递交了辞呈。

乾隆十八年冬天，一个寒冷而阴沉的清晨，山东潍县县衙的六扇黑漆门齐开，三头毛驴相继缓缓踱了出来。一头驮着书箧，一头坐着书童，骑在最后那头驴背上的，是一个身材颀长，但相貌丑陋的老人，他便是郑板桥。

板桥去潍之日，潍县县城万人空巷，"百姓痛哭遮留，家家画像以祀"。板桥也相当感动，但他还是没有过多停留，团团作过几个揖，最后再看了一眼县衙墙上那些个大大小小的窟窿，暗叹一声，轻轻挥了一鞭。

毛驴一溜小跑，一点点走入了荒野。

回乡之后，有位老友赠了他一联。先给他看了上联，"三绝诗书画"，戏问板桥该如何嘱对；板桥不假思索，脱口而出："一官归去来！"

老友展开下联,赫然正是这五个字。两人相视,呵呵大笑。

从此,郑板桥以卖画为生,再不涉足官场。

帝国的迷航

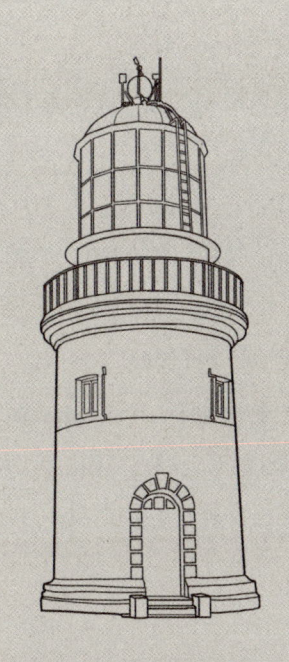

浙江·舟山

快艇由舟山嵊泗岛开出后,随着视野越来越开阔,我有种渐渐远离现实的幻觉,感到自己的身体越来越轻盈,像是一步步临近了羽化的境界——当然,这更可能是行船颠簸的缘故。抛高甩落之际,脑中一阵阵眩晕,似乎还听到了头顶隐约有杂着衣袂飘扬的朗笑掠过。

遗憾的是船舱是封闭的,我只能透过玻璃窗看着大海。天气晴和,除了被破开的浪花,东海一派平缓。看得久了,竟生出个念头:宁静的海面下,会不会突然钻出一条须鬣缠满海藻的老龙,狰狞着截住船头呢?或者,淋漓出水的不是蛟龙,竟是一头史前的猛犸巨象,刷啦啦甩下满身螺贝,睡眼惺忪地与你对视?

沧海桑田并不是神话。考古学家说,280万年前,这里是片绿树参天的森林。

——时间对于海洋缺少意义,人类自以为是的几千年文明,不过只是朵偶然泛起的浪花。大海的记忆更是短暂,即使在昨夜杀生无数,日出之后,出现在幸存者眼前的,仍旧是一副无辜的婴儿笑脸。

然而,此次的东海之行,我还是想在翻卷的波涛中寻觅一股一百多年前的暗流,回首一段沉重的往事。

我相信大海还没有来得及忘却:掬一捧海水,细细尝了，每个中华儿女分明都还能品出四万万先人的苦涩。

快艇开足马力朝东北方向驶去。迎着朝阳，海面闪着金色的粼光。

越来越蓝的海水提醒我离陆地已经越来越远。其实，这一路过来，要过了岱山之后，海水才开始渐渐变得清澈。两天前的黎明，我曾经登上定海竹山的晓峰岭，俯瞰山下的海湾；晨曦中铁锈色的海水浑浊稠厚，潮水起伏迟钝，像是每一次冲刷沙滩都要消耗很大的能量。

在近代史上，定海是一个令人感到疼痛的地名——当年，就是在这里，英国人第一次出重手，狠狠地扇了大清帝国一个耳光，从而正式拉开了鸦片战争的序幕。

1841年的定海保卫战，血战六天六夜，被称作是整个鸦片战争中最激烈的一战。多年以来，很多人都说此役英国人虽然获胜，但也付出了较大的代价，不过越来越多的资料表明，英国人的损失比想象中要少很多，有学者甚至已经考证出了具体数据：死二人，伤二十七人。清军的伤亡数字则争议不大：定海三总兵葛云飞、郑国鸿、王锡朋及参将章玉衡、副将托尔泰等将领全部战死疆场，参战的五千多名士兵，绝大部分阵亡。

许多当事人的记录也佐证了交战双方实力的悬殊。如清军最先进的武器火绳枪,在英国人眼里是"两人抬着才能放一枪,自己却被撞倒在地"的滑稽玩具;而清军愤怒的炮火,则被军舰上的人们当作"满山遍野的焰火"观赏;还有位军官在家信中写道:"我们是在战争中游戏,而不是战斗。"

在竹山山顶的三总兵石像前,我耳边总是痛苦地响起一阵轻快而诧异的口哨。哨声出自一名英国军官,因为他在清理战利品时发现对手的大炮居然标着240年前的出厂日期。

定海只是我途经的一站。我以为,除了风口浪尖的悲壮,历史还在波涛深处悄悄留下了什么,这才是我此行的主要目的。

当英国军队第一次在定海登陆时,有位随军秘书写下了这么一句话:"欧洲的第一面旗帜已经作为征服者在这片开满鲜花的土地上升起。"我要前往的,也是一座以"开满鲜花"而出名的岛屿。

据说,那座岛上长年多雾。我想探访的目标,就隐藏在浓雾之中,影影绰绰。

四季花草丛生,形似飞鸟展翅。花鸟岛,一个只有3平方公里的小岛,位于舟山群岛的最北端,距离公海只有十二海里。

航行一个多小时后，快艇抵达了花鸟码头。重新踩定土地时，竟觉得有些头昏。这轻微的不适让我想起了一个人，一个与此岛有莫大关系的人。

1854年，在定海的硝烟散去十三年之后的一个九月，一艘从香港出发的150吨小轮船"爱渥娜"号来到了舟山洋面，它的目的地是上海。这艘同时运载着鸦片的客轮上，有位年轻的乘客正忍受着严重晕船的折磨。

这位不时干呕的十九岁少年来自遥远的北爱尔兰，他的身份是大英帝国驻中国领事馆的见习译员。对于这个当时还听不懂一句汉语的年轻人来说，这次航行明显不那么愉快。他有每天记日记的习惯，当"爱渥娜"号因恶劣的天气而不得不在定海抛锚时，他心情沮丧地写道："我敢说在我到达上海之前，他们就要开始把我列入海上失踪者的名单……我该在中国度过一生，还是明年就回家去？"

大概是为了强调，在这篇日记的结尾，他签下了自己的名字：鹭宾·赫德。

此后的几天，赫德都在思考这个问题，因为不久他就有了决定，六天后他在日记中写道："今晚我可以说已下定决心，明年回爱尔兰去，在家乡去做一名律师。"他还为这个人生理想筹划了实施的具体细节："如果我每月省下40元，我将会有520元或180镑5先令，这足够我乘二等舱回家，还可以剩下5先令。"

最终，这位想回家乡做律师的赫德，替中国整整掌管了近半个世纪的海洋门户——二十八岁起，他就担任了清政府的海关总税务司，一干就是四十五年，长期控制着清政府的财政命脉。清廷视赫德为得力的"客卿"，陆续授他头品顶戴、宝星花翎、一品封典、太子少保，宠信无比；而他则自称是清政府的"太上顾问"。

赫德逝世之后，中国人曾经在上海为他立了一座铜像。铜像的铭文镌刻了他的诸多成绩，其中一条是"中国灯塔的建造者"。的确，在中国，真正现代意义上的灯塔，几乎全部在赫德手里才开始建造。而最有名的一座，就在我脚下这座小岛的西北角上，并且至今仍在使用。

花鸟灯塔，是我国沿海数百座灯塔中规模最大、设备最先进、历史最悠久的一座，在世界上也位居前列，被誉为"远东第一灯塔"。

时间已经接近上午十点，岛上没有丝毫雾气，一切都袒露在六月的艳阳之下。通往灯塔的，是一条沿山盘旋的水泥路，看样子养护得很精心，干净平整，一侧能看到碧蓝的海水。倚着山崖的路边铺着长长的绿色尼龙渔网,几个渔妇毛巾包头席地而坐,正细心地整理着。

与想象有不小差距,这座建于1870年的"远东第一灯塔"并不算很壮观,圆筒状的塔身看起来只有四五层楼高。分为三部分,底层为砖石混凝土结构,漆成白色;中层乌黑,装有一圈金属栏杆;最高层由玻璃拼成墙体,有一个黑色的杯盖形圆顶。除了正面一个狭长的拱形门用黑白两色围成边框,通体再没有其他修饰。遗憾的是,因为是海事重地,不对游客开放,我无法进入塔内,亲眼看见资料照片上那组发着蓝光的大型透镜,那还是赫德时的原物,据说已经无法复制了。

这是我有生以来第一次近距离见到灯塔,说实话,这座设计简洁的灯塔给我的第一印象是浓郁的异域风格,就像一枚巨大的国际象棋棋子,感觉多少有点不太协调。毕竟,这里是我们的东海。

这又使我想起了赫德那次经过舟山的旅程。在舟山,赫德第一次见到了飞檐翘角的佛塔,他在日记中饶有兴致地写道:"这是我第一次看到塔——一座非常漂亮的建筑。"很可能,他还会向同船的中国人耐心地学习"塔"的汉语发音,只是不知道别人有没有向他介绍过:在海岛上,这种宗教性的建筑物，往往还担负着一个他所熟知的任务：引航。

赫德之前，我们也是有灯塔的。当然，相比赫德建造的以玻璃透镜聚集灯光，可以将光束发射到数海里外的先进灯塔，古人的手段极其原始，不过是点油灯，击铜钟，敲锣，或者干脆在山头生一堆火。舟山群岛上，至今还有很多诸如传灯庵、放火山之类的航标遗迹。

除了技术上的差异，同样是引航，传统的塔标海灯与英国人建造的灯塔还有着本质的区别。前者指引的主体，是本乡本土的渔民；而后者服务的对象，却大部分来自遥远的大洋彼岸。

一个是寻找回家的方向，另一个却是避开陌生的暗礁，进入一个神秘的国度。

1868年，赫德在一份文件上郑重地签署了自己的名字，在这份文件中，他向清廷建议："为了中国沿海进行贸易的船舶利益，一般地说，真正的需要如下：在远航中给予船舶以危险的警告，这就应在必要的地方设置灯塔。"

但谁都清楚，远涉重洋而来的，绝不只是商船，贸易的商品也绝不只是棉布钟表。打开阴暗的舱门，塞得满满当当的，也可能是我们熟悉的鸦片；腥臭的帆布下，说不定就架着擦得发亮的枪炮,黑洞洞的炮口,已经瞄准了不设防的城墙。

也许,这些不请自来的船舶上所有的一切,可以用两个字来概括:力量。

花鸟灯塔建成的一百年前,在赫德的祖国,有一天,英国国王去参观一座工厂。当英王询问工厂主最近在忙些什么时,他听到的回答是:"陛下,我正忙于制造一种君主们梦寐以求的商品。"英王不解,工厂主解释道:"是力量,陛下。"

这位工厂主就是瓦特的合伙人博尔顿。十几年后,他们的商品,一种新式的蒸汽机终于问世,飞速运转的活塞与连杆推动英国进入了一个新的时代。

在西方,探索力量的奥秘是一个非常悠久的传统,至少从古希腊的亚里士多德开始,人们就开始了这方面的不懈研究,所有的智者都梦想着创造或者操纵一种无比强大的力量,借此逃离喜怒无常的上帝。尽管瓦特被称为"工业革命之父",但应该说,他的蒸汽机只是水到渠成的产物,很多学者认为,工业革命的大门,其实早在瓦特的上一辈人手里就已经被开启;而那位伟大的先锋,就是牛顿。

能不能这样说:两只苹果使上帝惊慌失措?除了在伊

甸园使亚当夏娃"明亮眼睛、知道善恶",那个成熟的季节,又是苹果引发了牛顿天才的思考。牛顿由万有引力开始构筑的力学体系,使人们开始相信,这个世界原来是理性的,包括日月星辰在内的万物都有可能被认识,更重要的是,人们从此可以尝试着去掌握更大的力量,让自然界的一切,乃至地球本身,为自己服务。因此,当时就有人这样评价牛顿:"上帝创造了世界,而牛顿发现了上帝创造世界的方法。"

而在瓦特的悼词中,他的发明得到了这样的赞颂:"它武装了人类,使虚弱的双手变得力大无穷。"美国著名学者斯塔夫里阿诺斯则在他的《全球通史》中给出了这样的数据:"(蒸汽机的发明)导致目前的局面:西欧和北美洲每人可得到的能量分别为亚洲每人的11.5倍和29倍。"

短短几十年后,由蒸汽机武装起来的拳头就越过重洋,挥到了东海边上。

英国人是幸运的,因为当他们从望远镜中发现中国这片美丽而富饶的大地时,这个高龄的帝国正处于文化与王朝的双重暮气笼罩之下,空前的虚弱。

出现在英国特使马戛尔尼面前的乾隆皇帝,已是一个八十三岁的耄耋老人。按照对越南、朝鲜的规格,乾隆慈祥地接待这位"贡使"之后,逐条回绝了他的所有通商要求,口气亲切却不容置驳:"咨尔国王,远隔重洋,倾心向化……"

不知是为了示好还是示威,马戛尔尼主动提出为军机大臣福康安表演欧洲火器操;福大帅傲然答道:"此种操法,量也无甚稀奇,看也可,不看也可。"

苦果已经悄悄地种下,无声无息地抽枝、发芽。

在英国人眼中,中国人的抵抗简直可以说是一场闹剧。

把几百丈长、"粗如碗口"的铁链纵横固定在两旁的山石上,用来锁住洋面,试图阻滞英舰的深入(设计这个工事的,是林则徐)。

有人想出了一招妙计,利用猴子把燃烧的鞭炮带到英国人满载火药的船上去。可惜谁也不敢带着猴子进入敌人的射程范围去执行,妙计只好流产。

还有人选定了寅日寅时对侵略者发动攻击。寅者,虎也;洋人者,羊也;以虎搏羊,上上大吉。

至于泼黑狗血之类的传统巫术,更是当仁不让。

只是19世纪的世界已经缺少奇迹,结局早就注定了。

从版图上看,定海正处在帝国的前胸,它的沦陷,对中国而言,就像被人当胸揪起,重重地扯下了云端。

英国人的炮弹在东海水面炸起的大浪,激得几千里外的紫禁城也剧烈地动荡起来。随着国门被洋人的炮火轰得粉碎,滚滚波涛汹涌而来,放眼望去,四周竟已都是一片汪洋。

面对一只硬塞过来的船舵,谙熟于春种秋收的古老帝国手足无措。这块满载着四万万不识水性的人的巨大陆地,无助地陷入了迷航。

正是由于中国人初入大海的迷茫,成就了赫德的事业。可以想象,崩溃边缘的清廷,突然聆听到一位来自敌对阵营的绅士,操着流利的汉语对他们一条条剖析当前的形势,并热心地出谋划策时,心中的欣喜与感激。时人回忆,当赫德用一系列可靠的数据来论证有效管理海关不仅能帮帝国渡过目前的难关,并且每年还能创造连从前太平年代都无法想象的巨额财富时,文祥——大清第一代总理衙门大臣,眼中发出了明亮的光。

不久,总理大臣,甚至还有总领朝政的恭亲王,都开始用"我们的赫德"来称呼这位身材并不高大的爱尔兰青年。很快,帝国把烫手而敏感的海岸线,郑重地托付给了"我们的赫德"。

赫德还曾经向清廷呈交过一份《局外旁观论》,指出了朝廷的种种弊政，大力鼓吹全面的制度改革。早有学者指出，这份措辞激烈的说帖曾对中国的洋务运动起了关键性的促进作用。1902年，当帝国再一次承受空前的屈辱后，慈禧太后想起赫德当年的建议，心中充满了懊悔。

评价这个照片上看起来神情阴郁的洋人，对中国人来说是一个尴尬的难题，有人说他是"西方殖民者的代理人""中国海关主权的彻底破坏者"；也有人说他是"对中国最友好而且是最贤明的顾问"，是"中国近代化之父"；而《清史稿》则认为他是个"不负所事"的忠臣。但这样的事实不容回避：赫德为中国建立了一整套比较完备的近代海关管理制度，在近五十年的岁月里，他领导的海关，为清政府提供了约占总数1/3的财政收入；更难得的是，赫德领导下的海关始终是清政府最廉洁、最高效的衙门——众所周知，鸦片战争之前，中国海关的腐败无能在世界上都是声名狼藉的。

无论怎样去评价赫德，有一点可以肯定：他为中国普及了相当有用的海洋知识，为这艘东方巨轮指出了航行道路上的许多暗礁——虽然你不一定认可他的方向，但礁石是任何一条航线都必须避开的。在这个意义上，赫德就是清帝国在迷航中找到的第一座灯塔。

"我必须尽力弄清我们西方文明的成果中,哪些将对中国最为有利:通过什么方法使这些变革能够最有希望得到引进。"

不知是否出于真心,担任总税务司后的第一个圣诞夜,赫德在日记中这样写道。

1941年,上海的赫德铜像被拆除熔化。

无论赫德曾经为中国引进了什么,到了今天,在这片他几乎为之付出一生的土地上,他的事业遗迹,大概只剩下孤悬海岛的这一座座灯塔了。

花鸟灯塔的边上,鲜艳的五星红旗迎着海风猎猎飘扬。

赫德一直知道必定会有这么一天。在评价义和团的排外运动时,他就说过:"外国的发号施令有一天必须停止,外国人有一天必须离开中国,而目前引起注意的这段插曲就是今天对于将来的暗示……今天的这段插曲不是没有意义的,那是一个要发生变革的世纪的序曲,是远东未来历史的主调;公元2000年的中国将大大不同于1900年的中国。"

说完这段话的八年后,一个晴朗的春天上午,北京永定门火车站,在反复演奏的《友谊地久天长》乐曲声里,七十三岁的赫德挥手告别送行的人们,乘坐专车离开了中国。据在场的记者描述，那天赫德神情落寞，憔悴而疲惫，秃顶的头颅令他看上去格外苍老。

1911年9月20日，赫德在自己的祖国病逝。短短二十天后，中国的武昌，打响了辛亥革命的第一枪。

在灯塔前，回忆过去一个多世纪的艰辛历程，我想起了北方的长城。我总觉得两者的体量虽然不能相提并论，但灯塔闪烁的灯光中也蕴含着极大的意义。

可以这样认为吗：秦始皇筑造的长城，为我们两千多年的农耕时代夯实了基础，而晚清修造的灯塔，却引领我们进入了崭新的海洋时代？

赫德的时代，李鸿章哀叹，帝国遭受的劫难是"三千余年一大变局"。那么我们能不能借助灯塔，跳出几千年的循环，走出迷航呢？

如果真有那么一天，我想我们绝不能忘了赫德，也不能忘了他建造的灯塔。

天气预报说未来几天很可能会有大风，为了避免被困在岛上，我只能当天就返回。这令我很有些懊恼，因为这意味着我将无法感受灯塔在黑浪狂风中的雄姿。

等船的间隙，对着静静的灯塔，我只能尽量发挥自己的想象，想象着它在暗夜中的光芒。但不久，我的思绪就莫名发生了游离,时空转换到了公元9世纪的钱塘江边。一位怒气冲冲的国王正率领着他手下的勇士,将弓箭对准奔腾而来的大潮。

古书上说,那次,他们把潮水射回了大海。

后　记

自从读了村上春树的《1Q84》，孤身行走异乡时，便经常会出现一种荒诞的念头：此时此刻，我所进入的，究竟是个什么世界——

会不会是一个似是而非的虚幻时空？

在这本集子中，我收入的描写对象，涉及庙堂、战场、官府、书院、码头、佛龛，以及海岛与荒原，甚至还有一座盐湖，而行走范围北至辽宁，南至江南，西至关中，东达东海。本书的写作，依我本意，是通过实地探访一些大事件的发生现场，或者一些重要的人文遗迹，来寻找解读历史的另一种角度。

在我的设想当中，这种解读与在书房从纸到纸的解读，应该有明显的区别。最起码，踩在同样一块土地上，能够让我获得某种与古人在高度上的平等，从而减少因为仰望抑或鄙夷而产生的误差。同时我也希望，回到历史故地，将自己化身为时空侦探，说不定还能够搜拣到一些被前人疏漏的线索，进而开启某扇被隐藏的、剖析史事的侧门。当然，我还期待，身临其境，会令我对历史的叙述，增添一种空间的张力，以及脚踏实地的沉稳。

总而言之，我期待通过行走，来构建一个属于我个人视角的历史阐述方式。当然，我的理解与阐述，很可能是鄙陋、甚至谬误的，类似于野狐禅，难免见笑于名宿方家，这也是我将这十二篇文章以"野河山"之名结集的原因之一。

当然，取此书名，更重要的，还是那块同名指示牌。

我至今还将这三个字在高速路上的突然出现，视为冥冥中的某种暗示：提醒我即将偏离真实的世界。

但我还是要走到底——

何况，谁能确定，"1984"与"1Q84"，真正真实的，究竟是哪个世界？

2018.7.29 郑骁锋于浙江永康

山河万朵：中国人文地脉（南方卷）

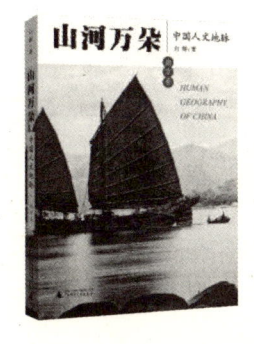

作者：白郎
定价：68.00元

内容简介：每个人都是大地的一部分。大地之上绝无尺规，毁坏大地就是毁坏我们自己，对中国的拯救最终将来自大地。今天，在钢筋水泥和马赛克的挤压下，人们心中的故乡之火正在大面积熄灭，希望本书能为读者唤回一片野云，让更多的人在日月临身的感恩中，亲近脚下的大地。《山河万朵》（南方卷）以图文并茂的形式，优美流畅的语言，描述了中国南方江南、湖湘、巴蜀、岭南、云南五大区域的历史地理文化，生动形象地演绎了中国南方秀美、灵动的文化特色。

山河万朵：中国人文地脉（北方卷）

作者：白郎
定价：68.00元

内容简介：每个人都是大地的一部分。大地之上绝无尺规，毁坏大地就是毁坏我们自己，对中国的拯救最终将来自大地。今天，在钢筋水泥和马赛克的挤压下，人们心中的故乡之火正在大面积熄灭，希望本书能为读者唤回一片野云，让更多的人在日月临身的感恩中，亲近脚下的大地。《山河万朵》（北方卷）以图文并茂的形式，优美流畅的语言，描述了中国北方燕赵、齐鲁、西北、中原、三秦五大区域的历史地理文化，生动形象地演绎了中国北方沉稳、厚重的文化特色。

为客天涯·旧城池

作者：郑骁锋
定价：52.00元

内容简介：在《旧城池》这本散文集中，作者亲历北京、荆州、西安、开封、青州、亳州、泉州、赣州、温州、徽州、松阳、农安等十二座各有特色的古城，以具有典型意义的史实人物、重大事件或重要建筑物为媒介，梳理其历史脉络，探索各自的文化基因。

为客天涯·老江湖

作者：郑骁锋
定价：52.00元

内容简介：在《老江湖》这本散文集中，作者于长江、泾河、钱塘江、西湖等水系的大背景下，探索诸如梁山好汉、绍兴师爷、九姓渔民、不第秀才、闽赣客家、湘西苗人、江南矿工、丝路僧侣等具有民间抑或草莽意味的文化古迹，在江湖的浪涛中溯流而上，追寻那些封印许久的江湖行走。